절대강호 8
장영훈 新무협 판타지 소설

초판 1쇄 찍은 날 § 2011년 10월 31일
초판 1쇄 펴낸 날 § 2011년 11월 4일

지은이 § 장영훈
펴낸이 § 서경석

편집부장 § 권태완
편집책임 § 유경화
편집 § 이수민

펴낸곳 § 도서출판 청어람
등록번호 § 제1081-1-89호
등록일자 § 1999. 5. 31
어람번호 § 제2-2171호

주소 § 경기도 부천시 원미구 심곡2동 163-2 서경B/D 3F (우) 420-822
전화 § 032-656-4452 팩스 § 032-656-4453
http://www.chungeoram.com
E-mail § chungeoram@chungeoram.com

ⓒ 장영훈, 2011

ISBN 978-89-251-2671-5 04810
ISBN 978-89-251-2465-0 (세트)

※ 파본은 구입하신 서점에서 교환하여 드립니다.
※ 저자와 협의하여 인지를 붙이지 않습니다.
※ 이 책은 도서출판 청어람과 저작자의 계약에 의해 출판된 것이므로,
   무단 전재 및 유포·공유를 금합니다.

절대강호

絶代强虎

FANTASTIC ORIENTAL HEROES

장영훈 新무협 판타지 소설

8

目次

제71장	최종음모	7
제72장	후계선정	39
제73장	격장지계	69
제74장	승진인사	91
제75장	정사혈전	115
제76장	오겹지망	145
제77장	천망돌파	167
제78장	적호아성	211
제79장	성동격서	241
제80장	검신검귀	269

第七十一章
최종음모

절대강호

주화인이 호수를 헤엄치고 있었다.

벌거벗은 그녀의 몸은 오직 혼자만 축복을 받은 듯 압도적인 아름다움을 발산하고 있었다. 부서지는 물결의 포말이 달빛에 반사되었다.

주위를 지키는 무인들은 모두 여인들이었다.

어디선가 불어온 선선한 가을바람이 강가에 서 있는 이단심의 머리카락을 휘날렸다.

"물이 찹니다. 이제 그만 나오시죠."

주화인이 몸을 돌려 물 위에 가만히 떠 있었다. 하늘을 가득 메운 별이 금방이라도 쏟아져 내릴 것만 같았다.

주화인이 그중 가장 크게 빛나는 별을 바라보았다.
"무인이 죽어서 별이 된다면… 저 별은 누구의 별일까?"
이단심이 덩달아 하늘을 쳐다보았다.
"강호를 지배했던 사람들의 별이겠지요."
"난 어떤 별이 될까?"
"저 별보다도 더 크고 빛나는 별이 되실 겁니다."
"별이 되긴 할까?"
"아가씨가 안 된다면 밤하늘은 암흑천지가 될 겁니다."
주화인의 입가에 옅은 미소가 지어졌다.
한참을 그렇게 밤하늘을 올려다보던 주화인이 육지로 올라왔다. 이단심이 건넨 새하얀 천으로 몸을 감싼 채, 그녀가 모닥불 옆으로 사뿐사뿐 걸어왔다.
그녀가 편하게 앉을 수 있게 이단심이 두터운 천이 깔린 평평한 바위를 가져왔다. 그리고 모닥불에 걸려 있는 주전자에서 차를 따라왔다.
"드세요."
이단심이 건넨 차를 주화인이 마셨다.
"고마워."
"별말씀을요."
한결같은 이단심의 충성심을 느낄 때면 주화인은 언제나 포근한 기분이 들었다.
타타타탁!

모닥불에서 튀어 오른 불씨가 춤을 추며 허공으로 날아올랐다. 주화인의 시선이 그 불씨를 따라 허공으로 올라갔다.

이단심은 주화인의 심경이 복잡할 때면 하늘을 자주 쳐다본다는 것을 알고 있었다. 이단심이 주인의 기분을 달래주려 분위기를 전환했다.

"이제 대공자는 끝장입니다."

그녀가 품에서 꺼낸 것은 한 장의 밀서였다. 연이 전해준 밀서에는 장보도의 일 배후에 대공자가 있다는 증거가 담겨 있었다. 이것이 발표되면 대공자는 치명적인 피해를 입게 될 것이다.

"어쩌면 지난번 아가씨를 해치려 했던 일까지 재조명하게 만들 수 있을 겁니다. 제가 알아서 확실히 처리하겠습니다."

그리고 그보다 더 큰 문제가 대공자에게 닥칠 것이다. 바로 도천의 분노였다. 그들은 절대 대공자를 용서하지 않을 것이다. 아들의 죽음이 대공자를 죽이기 위해 마련된 주화인의 음모에 우연히 말려든 것이라 알고 있을 때도 주화인과 일전을 벌이려 했던 그였다.

한데 애초부터 이 모든 것이 백무성의 음모였다는 것을 알게 된다면, 그들은 백무성과 시생결단을 내려 할 것이다.

검천에서 막아주는 것도 한계가 있을 것이다. 애초의 혼인이 가족의 결합이 아니라 권력의 결합이었으니, 마지막 순간에는 결국 발을 뺄 것이다.

상기된 그녀에 비해 주화인은 담담했다.
"무슨 고민 있으십니까?"
이단심이 걱정스럽게 물었다. 천아성을 만나고 온 후, 주화인은 왠지 모르게 우울해 보였다.
한참을 말없이 앞에 놓인 등불을 응시하던 주화인이 이윽고 입을 열었다.
"단심아."
"네."
"그것 이리 줘봐라."
이단심이 손에 들린 밀서를 그녀에게 건넸다.
잠시 말없이 그것을 내려다보았다.
"공개는 언제 하는 것이 좋겠습니까? 제 생각에는 빠르면 빠를수록… 아앗!"
이단심이 놀라 짤막한 비명을 내질렀다.
주화인이 그것을 모닥불에 던져 넣은 것이다.
"안 돼! 안 됩니다!"
경악한 이단심이 달려들어 그것을 꺼내려 했지만 이미 활활 타버린 후였다.
"아가씨!"
너무 놀란 이단심이 멍한 표정을 지었다.
"왜 이러셨습니까?"
"그냥."

미쳤냐는 말이 튀어나오려는 것을 이단심이 억지로 참았다.

"그냥이라니요?"

그냥일 리 없었다. 미친 것이 아니라면 분명 어떤 이유가 있을 것이다.

"이유를 말씀해 주십시오. 분명 신군맹의 후계자가 되는 것보다 더 중요한 일이겠지요?"

이단심은 흥분한 상태였다. 분명 어떤 이유가 있으리라 생각했지만 그 어떤 이유도 납득할 수 없을 것이라 생각했다. 신군맹의 후계자가 되는 것보다 중요한 이유는 없었다.

"사부님께서는 사형을 후계자로 삼으실 거야."

"네?"

담담한 주화인의 말에 이단심이 깜짝 놀랐다. 이제야 주화인이 왜 이리 심란해 보였는지 알 수 있었다.

"그렇다면 더욱더 그 증거가 필요하지 않습니까?"

주화인이 희미하게 웃으며 고개를 내저었다.

"사부님이 마음을 굳히셨다면 그깟 것은 휴지 조각이나 마찬가지야."

"하지만!"

이단심은 반문하지 못했다. 주화인의 말처럼 신군맹에 있어서 천아성의 말은 법이자 진리였으니까.

"왜? 대체 왜……."

이단심은 말을 잇지 못했다. 천아성이 왜 그런 결정을 했는지 이해할 수 없었다.
 주화인의 눈동자가 모닥불에 일렁거리며 그날의 일을 떠올렸다.

"제가 할 일이 무엇입니까?"
 어떤 특명을 내릴 것이라 예상했다. 그것을 수행해 내면 후계자로 삼겠다고 하실 것이다. 불가능에 가까운 임무일 것이다.
 하지만 이어진 천아성의 말은 그녀의 예상을 완전히 벗어난 것이었다.
 천아성이 천천히 고개를 돌려 무덤덤하게 말했다.
"강호를 떠나거라."
 처음에는 농담인 줄 알았다. 정말이지 생각지도 못한 말이었으니까. 하지만 이내 깨달았다. 사부는 농담 같은 것을 하는 사람이 아니란 것을.
"넌 이런 싸움에 어울리지 않는다."
 천아성의 목소리가 머릿속에 메아리치듯 울려 퍼졌다. 고요한 호수에 파문이 번지듯 주화인의 마음속에 격정이 커졌다.
"그럼 전 어디에 어울리죠?"
 담담한 물음 속에 짙은 분노와 배신감이 배어 있었다.
 천아성이 다시 창밖으로 시선을 돌렸다.
"그럼 전 어디에 어울리냐고요?"

이렇게 따지듯 언성을 높이는 일은 지금까지의 관계를 생각하면 상상도 할 수 없는 일이었다. 사부에게 처음으로 하는 불충이었다. 그래서였을까? 아니면 이미 이 모든 반응을 예상해서였을까? 천아성은 그저 담담한 시선으로 창밖을 응시할 뿐이었다.

"세상에 사형제를 죽이는 싸움에 어울릴 사람이 어디에 있나요? 자식을 죽이라 명령하는 싸움에 어울리는 사람이 어디에 있다고요!"

주화인은 흥분을 감추지 않고 속내를 드러냈다.

"이제 와서 떠나라니요? 왜요? 제자들이 피 터지게 싸우는 것이 지겨워지셨습니까? 제자들이 다 죽고 나니까 아차 싶으십니까? 너무 비정한 사부처럼 보일까 걱정이라도 되시는 겁니까? 한 년이라도 살려 보내주고 싶어지셨습니까?"

쏟아지는 울분에도 여전히 천아성은 말이 없었다.

"강호를 떠나서요? 어디 기루나 차려서 웃음이나 팔까요? 아님 상단을 만들어 돈이나 벌까요? 증오를 불태우며 신군맹을 무너뜨릴 비밀 세력이나 키울까요?"

주화인의 언성이 점차 높아졌다. 아무리 감정을 다스리려 해도 어쩔 수 없었다.

"평생을 권력을 얻기 위해 살아온 인생입니다. 사부님의 그 자리를 차지하기 위해 무슨 짓을 저질렀는지 아십니까? 한데 이제 와서 강호를 떠나라니요? 사부님의 말씀은 제 인생 전부를 부정하시는 거라고요!"

그제야 천아성이 입을 열었다.

"네 말은 틀렸다."

여전히 천아성은 시선을 창밖에 둔 채 말을 이어나갔다.

"평생 싸웠다지만 실제 네가 후계다툼을 시작한 것은 네 인생의 절반도 되지 않는다. 남은 인생의 반의반의 반도 안 되는 시간이지. 네 인생은 이제 시작이다."

"싫습니다! 제 인생의 반의반의 반도 안 되는 시간이라고요? 제 인생에서 가장 빛났던 시절이기도 했습니다."

천아성이 홱 고개를 돌려 주화인을 쳐다보았다.

"단 한 번도 네 자신을 사랑하지 않았던 시간이지!"

주화인이 망설이지 않고 대답했다.

"그럴 시간이 없었으니까요! 그딴 자기연민에 빠졌다간 목이 달아났을 거니까요!"

복잡한 심경을 담은 두 사람의 시선이 허공에서 얽혔다.

천아성은 분명 심경의 변화가 있었다.

오직 무공 수련에만 미쳐 있을 시절에 받았던 제자들이었다. 원해서 신군맹주가 된 것이 아니듯, 원해서 받은 제자들이 아니었다. 이후에도 마찬가지였다. 제자들의 다툼은 관심 밖이었다. 그때까지도 그는 과거에 얽매여 있었다. 결코 떨쳐 낼 수 없는 과거에… 오직 무공에만 빠져든 것도 그것 때문이듯이.

그리고 이제 와 돌아보니 제자 둘이 남아서 서로를 죽이려는 싸움을 하고 있었다. 그나마 가장 아끼던 두 제자들이었다.

여러 이유가 있을 것이다. 후계자를 정하고 홀가분해지고 싶다는 마음 때문일 수도 있고, 막혀 있던 무공이 풀린 탓일 수도 있고, 주화인이 행복해지기를 바라는 마음일 수도 있고, 그냥 늘그막 변덕일 수도 있다. 어쨌든 천아성은 자신의 진심을 내보이고 있었다. 주화인을 떠나보내는 것이 옳다고 생각하고 있었다.

"사형이 절 죽일 겁니다."

"큰아이는 그러지 않을 것이다."

"벌써 거기까지 이야기가 된 겁니까? 절 살려두라고."

천아성은 아무 말도 하지 않았다.

주화인이 흥분을 가라앉혔다. 이렇게까지 나온다는 것은 사부가 완전히 마음을 굳혔다는 뜻이었다.

주화인이 정중히 고개를 숙이며 말했다.

"알겠습니다. 사부님 뜻에 따르겠습니다."

주화인이 회상에서 깨어났다.

그때 하지 못했던 말이 나직이 흘러나왔다.

"…빼내주시려면 진즉에 빼내주셨어야지요."

화르르르륵!

주화인이 모닥불에 몇 개의 장작을 던져 넣었다. 힘을 잃던 불길이 다시 타오르기 시작했다.

"이건 부당한 일입니다!"

이단심은 천아성의 마음이 어떤 것인지 짐작은 갔다. 가끔은 자신 역시 주화인이 신군맹을 떠나 평화롭게 살아가길 바랄 때가 있었으니까. 하지만 적어도 이건 아니었다. 이렇게 패배한 채 강호를 떠나면 주화인은 결코 행복하지 않을 것이다. 강호를 떠나는 것은 강요가 아닌 그녀 스스로의 선택이 되어야 한다.

"사부님께선 나를 잘못 보고 계셔. 하긴 당연한 일이지. 사부님은 평생을 그렇게 살아오셨으니까. 남 따윈 신경 쓰지 않아도 될 만큼 강하셨으니까. 그래서 이런 결정도 내리시는 거지. 상대의 마음을 읽을 줄 모르시니까."

주화인의 눈빛이 불꽃에 일렁거렸다.

"하지만 이젠 아셔야 할 거야. 천하제일고수도 사람을 볼 때는 제대로 봐야 한다는 것을. 그렇지 않으면 대가를 치러야 한다는 것을."

"이제 어떻게 하실 작정이십니까?"

사박사박.

마치 그에 대한 대답이라도 하듯 그곳으로 한 여인이 걸어왔다.

그녀는 놀랍게도 주화인과 똑같이 생긴 여인이었다. 그럼에도 이단심은 놀라지 않았다. 그녀가 누군지 잘 알고 있었던 것이다. 그녀는 때때로 주화인의 역할을 대신하는 대역무인이었다. 주화인에게 천변백면공을 전수받은 그녀는 완벽하게 주화인의 모습으로 변할 수 있었다. 대공자의 눈을 피해 비밀리에 외출을 할 때면 그녀가 주화인의 역할을 대신하곤 했다.

그녀가 다가와 공손하게 무릎을 꿇었다.

"부르셨습니까?"

"영(影)아, 고개를 들어라."

"명을 받드옵니다."

주화인의 그림자로 오랜 세월을 살아온 여인이었다.

그녀가 공손한 태도로 고개를 들었다. 잠시 그녀를 응시하던 주화인이 나직이 물었다.

"나를 위해 죽어줄 수 있겠느냐?"

여인이 순간 흠칫 놀랐다. 석 달 열흘을 고민해도 모자랄 말이었음에도 그녀의 고민은 길지 않았다.

"제 목숨은 이미 아가씨의 것입니다."

주화인이 가볍게 탄식하며 말했다.

"미안하구나. 아주 고통스런 죽음이 될 것이다."

오히려 여인이 더욱 환한 미소를 지었다.

"그럼 아가씨께서 저를 더욱 오래 기억해 주시겠군요."

*   *   *

같은 시각, 안가의 마당에 적호가 홀로 서 있었다.

적호는 천아성의 검을 피하던 그때를 떠올리고 있었다.

단지 날아드는 검을 피한 단 한 수였지만, 그것은 칠 주야를 쉬지 않고 싸웠을 때 얻을 수 있는 심득보다 더 큰 가르침을 주었다.

이제 그 정신의 깨달음에 몸으로 익히게 하는 과정만이 남은 것이다.

무공을 연마함에 있어 가장 중요한 과정이었고, 사부가 항상 강조하던 부분이기도 했다. 결국 무공이란 몸을 움직여서 결과를 만들어내는 행위임을 잊어서는 안 된다고.

콰아악.

적호가 천천히, 아주 정성껏 두 주먹을 말아 쥐었다. 세상 그 무엇이라도 부술 수 있을 것 같은 힘이 주먹 안에서 꿈틀거렸다. 주먹 밖으로 튀어나가려는 무형의 기운을 적호는 확실히 느꼈다. 그것은 냇가에서 막 잡힌 미꾸라지처럼 손안에서 묵직하게 꿈틀거렸다.

파아앙!

적호의 주먹이 허공을 강타했다. 공기에 생명이 있었다면 그곳의 공기는 즉사했을 타격이었다.

팡! 파앙! 팡!

경쾌한 격타음이 밤공기를 갈랐다.

펼쳐지는 것은 예전과는 다른 무영십삼수였다. 한동안 거칠게 구현되던 무영십삼수는 대성을 이루는 순간, 거짓말처럼 부드러워졌고 정갈해졌다. 모르는 사람이 보면 전혀 다른 무공이라 생각할 정도의 변화였다.

하지만 적호는 느꼈다. 이 부드러움 속에 이전보다 더한 격렬함이 담겨 있음을. 최고의 격렬함은 정갈함 속에 있다는 것을.

파파파파팡!

무영십삼수를 한바탕 펼쳐 낸 적호가 가볍게 호흡을 골랐다.

예전과는 완전히 다른 기분이었다.

그것은 마치 피가 튀고 땀에 절여진, 온갖 복잡한 그림이 가득 그려진 화선지를 버리고, 이전보다 훨씬 큰 커다란 화선지를 새로 얻은 기분이었다.

이제부터 이곳에 새로운 그림을 그려 나가야 할 것이다. 수라팔절과 무영십삼수, 이미 대성은 이뤘지만 그 극의를 깨닫는 그날까지 수련을 멈춰선 안 될 것이다.

설령 극의를 깨닫는다 해도 또 다른 벽이 앞을 막아설 것이다. 넘고 넘어서야 하는, 그래서 무공 수련은 삶을 살아가는 고단함과 닮아 있었다.

"후우우웁!"

적호가 순식간에 진기를 일주천했다. 그것도 선 채로 진기를 운용한 것이고 속도는 이전보다 세 배나 빨랐다. 그야말로 비약적인 발전이었다. 나아진 것은 속도만이 아니었다. 눈을 뜬 채 주위를 살피면서 심법을 운용할 수 있는 것이다.

스르룽!

적호가 참혼을 꺼내 들었다.

겉으로 봐선 평범한 검과 다름없는 참혼의 특성은 정말이지 적호에게 유용한 것이었다. 제아무리 대단한 명검이라도 스스로의 정체가 드러날 검이라면 적호는 절대 사용할 수 없기 때문이었다.

징—!

참혼이 길게 울었다.

이전과는 다른 울음이었다.

적호는 자신이 참혼을 과소평가했다는 것을 깨닫고 있었다.

무공이 한 단계 올라서자 참혼도 이전과 달라졌다. 이전에는 느끼지 못했던 예기가 느껴졌다. 아는 만큼 보인다는 말이 실감되는 순간이었다.

쉭! 쉬이익! 쉬이익!

내력을 주입하지 않고 펼쳐 내는 수라팔절임에도 주위의 공기가 무섭게 회오리쳤다.

순식간에 팔절까지 펼쳐 낸 적호가 참혼을 회수했다.

전체적으로 무영십삼수와 수라팔절을 펼쳐 내는 시간이 절반으로 줄었다. 의도적으로 빨리 펼친 것이 아니었음에도 자연스럽게 그렇게 되었다.

검을 회수한 후 적호가 눈을 감았다.
방금 전 펼쳐 낸 초식을 떠올렸다. 처음 무공을 수련할 때의 수련법이었다.

"절대적인 수련법이란 존재하지 않는다. 수련법이란 언제나 돌고 도는 법이다. 더 어려운 수련법을 찾는 것보다 중요한 일은 그 시기에 가장 적합한 수련법을 찾는 것이다."

사부님의 말씀처럼 이제 적호에게는 예전의 수련법이 필요했다. 누가 가르쳐서가 아니었다. 본능적으로 알 수 있었다.
초식이 마음속에서 그림처럼 펼쳐졌다. 물론 예전과 같은 방식이라고 그 과정과 결과까지 같진 않았다.
예전에는 그저 지난 초식을 떠올려 정리하는 데 그쳤다면, 이젠 그 모든 동작을 제삼자가 보듯이 객관화했다. 남의 수련을 옆에서 지켜보듯이 호흡 하나, 손동작 하나까지 세세히 살폈다. 그 과정에서 의문과 해답이 연속해서 이어졌다.
'이곳에서 좀 더 강하게 끊어 치면? 그렇다면 부드러움의 묘를 잃게 되겠지. 그렇다면 부드러움도 살리고 강함도 살리려면?'
최초의 초식을 펼치는 자신의 모습이 잠시 정지되고, 그 옆에 새롭게 초식을 구사하는 모습이 펼쳐졌다. 이번에는 앞서보다 초식을 강력하게 펼쳐 냈다.

다시 그 옆으로 이번에는 반대로 처음보다 훨씬 부드럽게 초식을 펼쳐 냈다.

적호가 그것을 제삼자의 입장에서 관찰했다.

그야말로 적호의 마음에는 네 명의 적호가 살아 움직이고 있었다.

'어중간해선 안 돼.'

그런 결론이 내려졌을 때, 불쑥 떠오르는 예전 사부님의 말씀.

"어중간하다는 것은 어정쩡하다는 것이다. 어중간함은 분명 중도(中道)와는 다른 개념이다. 둘의 차이를 확실히 깨달아야 한다. 고수와 하수의 차이는 고수는 중도를 알지만, 하수는 그저 어정쩡할 뿐이란 점이다. 확실히 내지르지도 않고, 확실히 피하지도 않는다. 그런 자에게 확실한 한 가지는 확실한 죽음뿐이다."

이제는 사부님의 말씀을 정확히 알 것 같았다.

중도란 어중간함에서 그치는 것이 아니라, 그 자체로 극강이고, 그 자체로 극유란 사실을.

"중도가 가장 큰 힘을 발휘할 때가 있다. 강호인들의 습성상 극강이 통하지 않으면 극유에서 해결책을 찾기 마련인데, 사실은 극강과 극유의 중간 지점, 그 중도가 해결책일 때가 많다."

이번에는 적호가 직접 초식을 펼쳤다.

그리고는 적호가 적절한 힘을 찾아내었다. 분노했다고 초식에 힘이 들어가서도, 편한 상대를 만났다고 초식에 힘을 빼서도 안 된다. 일정한 힘을 유지해야만 했다.

"휴, 쉽지 않군."

적호가 한숨을 내쉬며 검을 거뒀다. 해답을 찾지 못했다고 아쉬워하지 않았다. 한계까지 몰아붙이는 수련이 필요할 때가 있다면, 느긋함이 필요할 때도 있었다.

적호가 하늘을 올려다보았다. 때마침 구름에 가려졌던 달이 모습을 드러내며 주위가 밝아졌다. 수련을 마치고 하늘을 올려다볼 때의 기분은 말로 표현할 수 없는 상쾌함을 닮아 있었다.

그때 멀리서 다가오는 인기척에 적호의 시선이 안가의 입구로 향했다.

잠시 후 연이 그곳으로 들어섰다.

"왔어?"

적호가 미소로 연을 맞이했다.

"네. 수련 중이셨군요."

"잠이 안 와서."

연이 피식 웃었다. 그런 이유라면 적호는 단 하루도 잠이 온 적이 없을 것이다. 쉬고 싶다는 욕망을 이겨내는 것은 강해지고자 하는 굳건한 의지, 적호의 수련은 성실함을 넘어선 굳건한 의지였다.
 불어온 한 줄기 바람에 낙엽이 굴렀다.
 "이제 완연한 가을이네요."
 "그러게."
 중추절이 코앞으로 다가와 있었다. 피가 튀고 전쟁이 벌어져도 이상할 것이 없는 시점인데, 백무성과 주화인은 침묵하고 있었다.
 "그리고 소식이 왔습니다."
 연이 품에서 한 장의 서찰을 건넸다.
 "아!"
 어디서 왔는지 짐작한 적호의 얼굴에 격정이 스쳤다. 북해에 있는 사부와의 연락을 연이 대신 맡고 있었던 것이다.
 적호가 떨리는 손으로 서찰을 읽었다. 사부와 자신만이 알아볼 수 있는 암호로 짤막한 용건만 적혀 있었다.
 그럼에도 적호의 눈가가 파르르 떨렸다.
 "무슨 소식인가요?"
 "중원에 첫 눈이 내리면 돌아오라네. 그때 대법을 시행한다고."
 "아!"
 연이 덩달아 기뻐했다.
 "축하드려요."

축하는 아직 이른 말이다. 하지만 지금의 이 소식에 대신할 말은 그것이 최선이었다.

적호가 하늘을 올려다보았다. 할 수만 있다면 당장 눈을 내리게 하고 싶었다. 그래서 심장이 터져라 달려가고 싶었다. 북해까지 한달음에 달려갈 수 있을 것 같았다. 딸아이의 얼굴이 떠올랐다. 너무 보고 싶은 마음에 두 주먹에 힘이 들어갔고 온몸이 떨려왔다.

"조금만 참으면 돼요."

겨울이 얼마 남지 않았으니까. 적호의 마음이 두근거렸다. 이제 정말 마지막 고비만 지나면 이 모든 일에서 벗어날 수 있을 것이다. 마지막 한 고비만.

"그리고 모든 것이 잘될 거예요."

"고마워, 연."

두 사람이 마주 보며 활짝 웃었다.

"이 분위기를 망치긴 싫지만."

연이 또 다른 서찰을 꺼냈다. 새로운 임무였다.

"가을이라고 악인이 없는 것은 아니니까요. 이번 작전은 신군맹 부패무인이 연관된 일로……."

적호가 더 이상 들을 필요 없다는 듯 앞장서 걸어나갔다.

"됐어, 연. 가서 낙엽 치우듯 다 치워 버리자고!"

* * *

어둠 속에 한 사내가 앉아 있었다.

뒤로 손이 묶인 그는 모진 고문을 당했는지 온몸이 상처투성이였다.

그 한옆으로 사내 하나가 화롯불 앞에 쪼그리고 앉아 콧노래를 흥얼거리고 있었다.

기분 좋은 얼굴로 인두를 벌겋게 달구는 것만 봐도, 그의 사악한 심정을 짐작할 수 있었다.

"…제발."

상처 입은 사내는 황염(黃苒)으로 백양표국의 국주였다.

"…이제 그만 날 풀어주시오."

황염의 애절한 부탁에 사내는 못 들은 척 콧노래 소리를 더욱 높이며 불에 시뻘겋게 달궈진 인두를 꺼내 들었다.

그것을 본 황염이 두려움에 치를 떨며 애원했다.

"제발!"

사내가 천천히 다가서며 말했다.

"그럼 묻는 말에 대답해."

"그건!"

황염의 표정이 일그러졌다. 상대는 자신이 말해선 안 되는 것을 묻고 있었다.

치이이익!

"아아아아악!"

살이 타는 역겨운 냄새가 그곳을 가득 채웠다.

사정없이 황염의 허벅지를 지진 사내가 사납게 말했다.

"언제까지 버티나 두고 보지."

정신을 잃은 황염에게 사내가 물을 끼얹었다.

정신을 차린 황염에게 매타작이 이어졌다.

퍽퍽퍽퍽!

스치기만 해도 소스라치게 아플 시퍼렇게 멍든 얼굴을 두들겨 맞자 황염이 다시 비명을 내질렀다.

"끄아아악!"

사내가 황염의 턱을 치켜들었다.

"버텨봐야 좋을 것이 없어. 이번에 운송을 맡은 황금을 어디에 보관했는지 어서 말해."

그것이 바로 사내가 황염을 납치한 이유였다.

이틀 전, 황염은 스무 관이나 되는 황금을 운반하는 일을 맡았다. 극비리에 진행한 일이었다.

표물의 안전을 위해 물건을 표국이 아닌 제삼의 장소에 보관했다. 말이 새어나가지 않도록 극도로 조심했음에도 표물에 대한 정보가 샌 것이다. 아마도 맡긴 쪽에서 이야기가 흘러나간 모양이었다.

"그건… 절대 말할 수 없소!"

황염이 지켜온 평생의 신의였다. 설령 이 자리에서 죽게 된다 하더라도 지켜낼 삶의 철칙이었다. 황염은 열 냥을 벌면 반드시 세 냥은 가난한 사람을 위해서 썼기에, 그는 많은 이들의 존경을 받았다. 하지만 그런 훌륭한 삶도 이 절대적인 악 앞에서는 무기력하기만 했다.

"넌 결국 말을 하게 되어 있어."

황염이 어림없다는 눈빛으로 사내를 노려보았다.

"아직 우리가 누군지 몰라서 버티는 것일 뿐."

사내의 말에 황염이 흠칫 놀랐다. 특히 우리란 말에 가슴이 철렁했다. 지금까지 본 상대는 눈앞의 사내 하나뿐이었던 것이다.

"기산삼웅(奇山三雄)이라고 들어봤나 모르겠군."

"뭐? 기산삼견!"

순간 황염에게 새로운 공포가 밀려들었다. 스스로를 영웅으로 칭하는 세 마리의 개들에 대한 소문은 익히 들었다. 소문 속의 희생자들은 정말이지 치가 떨릴 정도로 추잡스럽고 악랄한 방법에 의해 당했다.

"그 세 영웅이 바로 우리다."

사내가 바로 그들 중 첫째인 일견이었다.

치이이이익!

다시 달아오른 꼬챙이가 황염의 가슴을 지져 댔다.

황염의 비명이 장내를 울렸다. 그 순간에도 황염은 가족을 걱정했다. 이 상황이 단순히 고문으로 끝나지 않을까 봐 두려웠다. 자신을 죽이고 표국으로 쳐들어갈까 두려웠다. 제발 자신이 죽는 것으로 이 모든 일이 해결되기를 황염은 간절히 바랐다.

그리고 그의 불길한 예감은 정확히 적중했다.

철컹.

문이 열리고 네 사람이 안으로 들어왔다.

거칠게 내던져진 두 사람을 보는 순간, 황염이 두 눈을 부릅떴다.

그들은 바로 자신의 막내아들과 며느리였던 것이다.

"수야! 며늘아가!"

"아버지!"

퍽!

벌떡 일어나 황염에게 달려가려던 황수가 뒤로 나가떨어졌다. 뒤따라 들어왔던 사내가 사정없이 황수의 얼굴을 걷어찬 것이다. 코를 부여 쥔 손가락 사이로 피가 흘러내렸다.

뒤따라 들어선 두 사내는 이견과 삼견이었다.

"후딱 처리하고 밥이나 먹으러 가십시다."

이견이 피곤한 표정으로 한옆의 의자에 앉았다. 사람 목숨보다 제 배고픔이 더 중요한 그였다.

황염이 애절하게 소리쳤다.

"수야! 괜찮으냐!"

세 자식들 중 황염이 가장 애지중지했던 막내였다. 이번 일은 우발적으로 벌어진 일이 아니었다. 치밀하게 계획된 일이었다.
 일견이 본격적으로 황염을 협박하기 시작했다.
 "이래도 말하지 않을 테냐? 자식새끼 다 죽어도 주둥이를 열지 않겠냔 말이다!"
 앞으로 일어날 일에 대한 두려움으로 황염은 아무 생각도 나지 않았다.
 일견이 삼견에게 눈짓으로 신호를 보냈다.
 삼견이 음흉한 미소를 지으며 여인에게 다가갔다.
 탁탁!
 삼견이 여인의 턱 혈도를 제압했다.
 "무슨 짓을 하려는 것이냐?"
 황수가 놀라 소리쳤다.
 퍽!
 이견의 발길질에 황수가 벽으로 처박혔다.
 "넌 거기 찌그러져 있으시고."
 이견이 여인의 옷을 사정없이 찢어발겼다.
 찌이이익!
 여인의 턱 혈도를 제압한 것은 자결을 막기 위함이었다.
 "안 돼!"
 황염과 황수가 함께 소리쳤다.
 찢긴 옷자락의 냄새를 맡으며 삼견이 히죽 웃었다.
 "오는 내내 참느라 힘들었다."

미리 당해 버리면 자결을 하거나, 모두들 자포자기해 버릴까 손끝 하나 건들지 않고 이곳까지 데려왔던 것이다.

찌이익!

이번에는 이견이 여인의 치맛자락을 찢었다.

황염이 다급하게 소리쳤다.

"잠깐!"

삼견이 잠시 행동을 멈췄다.

황염이 절망한 얼굴로 소리쳤다.

"말하겠다. 다 말할 테니… 그만!"

그때 황수가 소리쳤다.

"안 됩니다! 말해도 놈들은 우릴 그냥 두지 않을 겁니다! 말하지 마십시오!"

퍽! 퍽! 퍽!

황수에게 발길질이 쏟아졌다.

두들겨 맞으면서도 황수가 소리쳤다.

"큰형님이 신군맹에 도움을 요청했습니다!"

표두를 맡고 있는 명석한 큰아들은 자신이 납치된 순간 신군맹에 도움을 요청한 것이다. 하지만 아들과 며느리가 끌려온 이상, 더 이상 희망은 없었다.

황수가 눈을 부릅뜬 채 소리쳤다.

"우릴 건들면 신군맹에서 너희를 그냥 두지 않을 것이다!"

"신군맹 무섭지, 정말 무서워."

히죽 웃는 일견은 말과 표정이 따로 놀고 있었다.
"이번 일을 우리만 꾸민 줄 아느냐?"
"뭣이?"
"이번 정보를 어디서 얻었다고 생각하느냐?"
잠시 멍해 있던 황염이 탄식하며 긴 한숨을 내쉬었다. 이번 일은 신군맹의 부패무인까지 개입된 일인 것이다. 그렇다면 신군맹의 도움이나 복수는 바랄 수 없었다.
"그가 그러더군. 박봉에 시달리며 사느니 눈 한 번 질끈 감으면 평생 호의호식할 수 있다고. 그런 시대지. 돈으로 행복을 사는. 지금의 강호는 그런 강호지."
여유롭게 말하던 일견이 황수의 목에 검을 가져다 댔다. 동시에 삼견이 여인의 손목을 잡아끌었다.
"마지막 기회야! 순순히 불면 이들은 그냥 풀어주지."
황염의 신형이 부들부들 떨렸다. 아들의 말처럼 놈들은 자신들 모두를 죽일 것이다. 하지만 일말의 희망이 황염을 괴롭혔다. 아들과 며느리를 살릴 수 있을지도 모른다는 희망이었다.
"제발 아이들은 풀어주시오. 풀어주면 말하겠소. 그 아이들은 죄가 없소!"
그러자 일견이 버럭 소리쳤다.
"아니! 죄가 있지! 자신만 생각하는 이기적인 아비를 둔 죄! 개쌍놈의 새끼야! 진작 말했으면 이런 일도 없었잖아!"
한옆에 앉아 있던 이견이 느물거리며 말했다.

"그냥 다 죽여 버리십쇼. 아직 자식은 많잖습니까?"

황염이 분노로 치를 떨던 바로 그때였다.

쫘앙!

문이 부서지며 누군가 그곳으로 뛰어들었다. 들어선 사내는 곧바로 몸을 비틀며 한옆에 앉아 있던 이견에게로 쇄도했다.

쉬이이익!

벌떡 자리에서 일어서던 그 순간에도, 이견은 상대의 공격을 피할 수 있으리라 자신했다.

검은 자신의 가슴을 향해 곧바로 날아오고 있었으니까. 변수가 아닌 정공으로 평범하게 날아들었으니까.

몸을 비틀어 피해야지란 생각이 그의 머리에서 발로 전달되었을 바로 그때.

푸욱!

이견의 가슴이 꿰뚫렸다.

자신의 생각보다 훨씬 빠르게 검이 날아든 것이다. 사물을 판단하는 자신의 뇌보다 상대의 검이 빨랐던 것이다.

그리고 몸에 박혔던 속도만큼이나 빠르게 검이 뽑혀 나갔다.

파피피피팍!

뿜어지는 핏물 사이로 자신에게 검을 박아 넣은 사내가 허공으로 솟구치는 모습이 보였다.

그 모습이 순식간에 사라졌고, 귓가에 일견의 목소리가 들려왔다.

"조심해!"

일견의 목소리를 들으며 이견이 바닥에 쓰러졌다.

바닥에서 마지막 힘을 다해 고개를 돌리자 저 멀리 꿰뚫린 목을 부여 쥐고 삼견이 비틀거리고 있었다.

'어떻게 저렇게 빠를 수가 있지?'

그것이 이승에서의 이견의 마지막 생각이었다.

이견과 삼견이 동시에 숨이 끊어지던 그 순간, 일견이 소리쳤다.

"멈춰!"

이견과 삼견을 단 한 호흡 만에 처치한 사내가 잠시 공격을 멈췄다.

일견은 사내가 복면을 쓰고 있다는 것을 그제야 확인했다. 복면사내는 바로 적호였다.

"넌 누구지?"

싸늘히 일견을 응시하던 적호가 한 걸음 다가섰다. 그와 말을 섞을 생각은 전혀 없었다.

일견이 빠르게 소리쳤다.

"내 뒤에 신군맹이 있다!"

상대가 자신보다 훨씬 고수란 것을 직감한 일견의 마지막 발악이었다.

적호가 잠시 발걸음을 멈췄다.

일견이 빠르게 말했다.

"누군지 알면 깜짝 놀랄 것이다."

적호가 차갑게 말했다.

"별로 놀랍지 않던데."

"뭣이?"

"너희가 여기 있는 것을 어찌 알았을까?"

"설마?"

"그를 이곳에서 원망할 필요 없어. 먼저 가서 기다리고 있을 테니까, 거기서 따져."

휘익.

적호가 순식간에 공간을 갈랐다.

"안 돼! 살려줘!"

공격은 너무나 빨랐고, 이미 전의를 상실한 일견은 공격을 막을 수가 없었다.

푸우욱!

가슴을 관통한 검을 힘없이 내려보다가 다시 적호를 올려다보았다.

검을 뽑은 적호는 매정하게 돌아선 후였다.

일견이 그대로 꼬꾸라지며 절명했다.

적호가 겁에 질린 황염 일행을 보며 담담히 말했다.

"안심하시오. 신군맹에서 그대들을 구하기 위해 나왔소."

"아!"

세 사람이 안도하며 서로를 부둥켜안았다.

"밖에 나가면 마차가 기다리고 있을 것이오. 일단 그것을 타고 돌아가시오. 나중에 본 맹에서 조사차 무인이 갈 것이오."

"고맙소!"

"고맙습니다, 정말 고맙습니다."

세 사람이 몇 번이나 고마움을 전했다.

복면 위 적호의 눈이 웃고 있었다. 늦지 않게 도착해 다행이었다.

그들이 나가고 곧이어 연이 그곳으로 들어왔다.

"여기 있습니다."

"고마워."

적호가 연이 건넨 봉투 안을 살폈다. 오백 냥짜리 전표 세 장이 들어 있었다. 이번 임무의 수당이었다.

치이이이익.

연이 능숙하게 시체를 처리했다.

두 사람이 나란히 그곳에서 걸어나왔다.

"아, 후계자 발표, 오늘이겠군요?"

해가 떠오르고 있었다. 신군맹의 운명을 바꿀, 중추절의 아침이었다.

第七十二章
후계선정

절대
강호

오늘은 신군맹의 역사가 새롭게 열리는 날이었다.

신군맹의 무인들은 물론이고 강호 전체가 술렁대고 있었다. 모든 화제는 후계자가 누가 될 것이냐였다. 작게는 술내기부터 실제 도박꾼들은 거액의 돈을 걸기도 했다.

신군맹 본단의 대연무장으로 천여 명의 사람들이 모여들었다. 그들은 이번 발표에 특별히 초대받은 이들로 강호에 영향력이 큰 인물들이었다.

신군맹 소속이라고 모두 참석할 수 있는 것은 아니었다. 경계를 맡은 무인들을 제외하고는 대주급 이상의 인사만 참석할 수 있었다. 그럼에도 대연무장에 모여든 사람은 천여 명에 달했다.

"드디어 오늘이군."

"오늘 발표가 강호 역사에 큰 획을 긋게 될 것이네."

"맹주께서 누굴 염두에 두셨는지 짐작도 안 되는군."

"누굴 선정하시든 그 결정에 따라야 할 것이네."

아직 발표가 되지 않은 상황이라 겉으로 표를 내진 않았지만 그들은 두 편으로 갈라져 있었다. 개중에는 겁없이 큰 소리로 자신의 주장을 내세우는 이들도 있었다.

"대공자께서 후계자가 되어야 신군맹이 바로 갈 것이네."

그런 사람이 있으면 당연 반대되는 사람도 있기 마련이었다.

"무슨 소리! 후계자에 어울리는 사람은 삼공녀시네."

고성이 오가기도 했지만 그렇다고 분위기가 험악해지진 않았다. 이곳에서 소란을 피웠다간 강호에서 매장될 것이다.

약속된 시간이 되자, 그곳으로 천아성이 등장했다.

그의 등장에 천여 명이 집결한 그곳이 말소리 하나 흘러나오지 않았다.

천아성에 대한 존경심이 얼마나 대단한지를 증명하는 대목이었다.

천아성이 천천히 단상에 올라섰다.

"먼 길 오시느라 수고들 하셨소. 이 자리에 계신 여러 강호 동도들의 노고에 오늘의 안녕이 있겠지요. 마음 깊이 감사드리는 바요."

천아성이 포권하자 모두들 일제히 포권을 취했다. 그를 봤다는 감격에 눈물을 글썽이는 이들도 있었다.

원래 공식적인 자리든 사적인 자리든 이런저런 말이 많은 천아성이 아니었다. 오늘의 이 발표를 듣기 위해 수천 리를 온 사람들도 많았지만 천아성은 한마디 인사와 함께 곧바로 본론을 꺼냈다.

"자, 약속한 대로 오늘 후계자를 발표하겠소."

모두의 마음에 두둥 하고 북소리가 울렸다. 다음의 한마디에 신군맹의 운명이, 정파무림의 앞날이 달려 있었다.

"후계자는 바로……."

천아성이 잠시 뜸을 들였다.

특히 양측과 직접적인 연관이 있는 이들은 심장이 터질 것 같은 긴장감을 느꼈다.

이윽고 발표된 하나의 이름.

"백무성이오."

잠시 침묵이 이어지다가 이내!

와아아아아!

백무성의 지지자를 중심으로 폭발적인 함성이 터져 나왔다. 주화인을 지지하던 이들이 탄식을 내뱉었다. 마음 같아선 말도 안 된다며 난동이라도 부리고 싶었지만 감히 그러는 사람은 없었다.

모두들 서로를 돌아보며 한숨을 내쉬었다.

몇몇 열렬한 지지자들은 통탄의 눈물을 흘렸다. 몇몇은 아직 끝나지 않았다며 서로를 위로했다.

반면 백무성을 지지하던 이들은 서로를 얼싸안고 환호성을 내질렀다. 백무성을 연호했고, 만세를 불렀다.

백무성 쪽도, 주화인 쪽도 모두들 알았다. 이제 모든 것이 끝났다는 것을.

천아성은 아직 건재했다. 그가 살아 있는 한 이번 결정을 바꿀 수는 없을 것이다.

발표를 마친 천아성이 그 자리를 떠났다.

삼공녀를 지지하던 이들도 하나둘씩 그 자리를 떠났다.

그에 비해 대공자를 지지하던 이들은 여전히 그곳을 떠나지 않고 기쁨을 나눴다. 덩실덩실 춤을 추는 이들도 있었다.

"백무성! 백무성!"

그들이 백무성의 이름을 연호했다.

군웅들 중에는 엄백양과 구양서도 있었다.

"됐어! 우리가 이겼어!"

대공자를 지지하던 구양서였다. 야공과의 피 말리는 권력 싸움에서 승리를 거두는 순간이었다.

"감축드리옵니다."

엄백양의 말에 구양서가 활짝 웃었다.

"하하하. 자네도 축하하네."

마치 그것이 어찌 나만의 기쁨이겠냐는 표정으로 구양서가 엄백양의 어깨를 감쌌다.

엄백양은 구양서가 이렇게 기뻐하는 모습은 처음 보았다. 그에 비해 엄백양은 잘 실감이 가지 않았다. 정말 이렇게 기뻐할 일인지, 또한 정말 오늘의 이 결정이 자신들에게 어떤 혜택으로 돌아올 것인지.

"이제 끝입니까?"

엄백양의 말에 구양서가 고개를 내저었다.

"아니! 이제 시작일세."

구양서의 눈빛이 반짝이고 있었다. 그게 진심이란 것을 깨닫고 엄백양이 내심 고개를 내저었다. 권력에 대한 열망에는 끝이 없음을 새삼 느낄 수 있었다.

"와아아아아!"

그때 갑자기 함성 소리가 커졌다.

한옆에서 백무성이 등장한 것이다. 군웅들이 목이 터져라 그의 이름을 연호했다.

단상으로 올라선 백무성이 미소를 지으며 군웅들을 둘러보았다. 함성 소리가 잦아들자 그제야 백무성이 입을 열었다.

"지금까지 저를 믿고 지지해 주신 여러분께 감사 말씀을 드립니다."

백무성이 허리를 굽혀 인사했다. 박수와 함성이 다시 터져나왔다.

"지금 이 자리에는 없지만 사매에게도 고마움을 전합니다. 그녀가 아니었다면 지금의 저도 없었을 겁니다."

여유만만한 승자의 연설이 시작되었다.

백무성은 기쁨을 최대한 감추며 담담한 모습을 보였다. 이제 필요한 것은 인간적인 모습이 아니라 굳건한 모습이었다. 신군맹을 맡겨도 좋을 것 같은 신뢰를 주어야 했다.

"이제부터 시작이란 생각을 합니다."

그 역시 진심이었다. 이제 상대해야 할 사람은 주화인이 아니라, 신군맹의 닳고 닳은 권력자들이었다. 그들 중에는 자신을 지지하는 이들도 있었지만, 싫어하는 이들도 있었다. 기회만 되면 자신의 흠을 잡을 것이고, 약점을 공격해 올 것이다. 그리고 자신을 축출하려 들 것이다.

그렇다고 지금까지의 싸움처럼 그들을 파멸시킬 수 없었다. 공포정치는 일시적인 효과만 있을 뿐, 그 열 배의 적을 만들어내는 최악의 선택이니까.

그들을 설득하고 자신을 따르도록 만들어야 했다. 그게 진심이든, 어쩔 수 없는 선택이든. 지금까지와는 차원이 다른 싸움이 기다리고 있는 것이다.

연설이 끝날 무렵, 다시 한옆에서 함성 소리가 나오다가 이내 침묵이 찾아왔다.

주화인이 그곳으로 등장한 것이다.

백무성조차 깜짝 놀랐다. 군웅들 앞에 그녀가 나타나리라 생각지 못한 탓이었다.

　사뿐히 단상으로 걸어 올라간 주화인이 군웅들에게 정중히 포권한 후, 백무성에게 돌아섰다.

　"축하드려요, 사형."

　백무성이 내심 당황했다. 그녀가 진심으로 축하를 해주리라 생각지 못한 탓이었다.

　"고마워, 사매."

　백무성은 주화인의 속마음이 어떤지 알 수 없었다.

　주화인이 군웅들을 향해 말했다.

　"이제 오랜 싸움을 마치고 하나가 되어야 할 시간입니다. 사형은 저보다 훨씬 대단하고 큰 사람입니다. 협의와 신의를 지킬 줄 아는 영웅이지요. 강호의 미래를 위해 사형에게 힘을 실어주시기를 바랍니다. 그가 제대로 정의를 이룰 수 있도록 도와주십시오!"

　그녀가 깨끗하게 패배를 인정하자 군웅들이 함성을 지르며 박수를 쳤다.

　아직 떠나지 않은 주화인의 지지자들이 그녀의 이름을 연호했다. 패배를 인정하는 멋진 모습이었다.

　백무성과 주화인이 나란히 단상에서 내려왔다.

　"그럼 전 이만."

　주화인이 돌아섰다.

　"고마워."

백무성이 다시 한 번 고마움을 전했다. 그녀의 속마음이 어떤가를 떠나, 방금 전의 행동은 자신에게도 큰 도움이 되는 일이었다. 진심으로 그녀가 고마웠다. 사부의 당부가 아니더라도, 그녀를 죽이지 않을 것이다.

"별말씀을요."

그녀가 걸어가자 한옆에 서 있던 진충이 기쁜 얼굴로 말했다.

"감축드리옵니다."

주위 시선이 아니었다면 진충은 그 자리에 부복해 참았던 눈물을 쏟았을 것이다.

"덕분이야."

"맞습니다. 제 덕입니다."

오랜만에 농담을 하며 진충이 환하게 웃었다.

백무성이 진심으로 고마워하며 진충을 안아주었다. 서로의 진심이 느껴지는 포옹이었다.

"끝까지 날 지켜줘야 해."

"물론입니다."

주어진 삶이 다할 때까지, 할 수만 있다면 지옥 끝까지라도 백무성을 위해 충성을 다할 것이다.

"오늘은 한잔할까?"

진충이 환하게 웃으며 대답했다.

"오늘만큼은 코가 삐뚤어지게 마셔야죠!"

저만치 걸어가는 주화인의 표정을 보았다면 진충은 결코 그런 말을 하지 않았을 것이다.

주화인의 얼굴에는 아무런 표정도 없었다. 표정이 없어서 두려운, 이단심은 주화인을 만난 이후 이런 얼굴은 처음이었다.

그건 분노였고 새로운 시작에 대한 각오였다.

마지막 반격이 준비되었다는 것을 알고 있었다.

대역무인은 주화인의 밀명을 받고 임무를 준비하고 있었다. 그것이 구체적으로 어떤 일인지 아직 자신에게도 알리지 않고 있었다.

이번만큼은 이단심도 두려웠다. 자신이 죽는 것은 두렵지 않았다. 이번 일이 실패해 주화인이 몰락할까, 그녀가 죽을까 두려웠다.

연무장을 떠나 두 사람이 주화인의 거처에 들어섰다.

아무도 없는 화원에 이르러서야 주화인이 걸음을 멈추었다.

주화인은 화원에서 흔들리는 국화를 깊은 눈빛으로 쳐다보았다.

"이제 붉은 봉투를 열 때가 되었군."

이단심이 희미하게 웃었다.

"지금까지는 노란 봉투였지 않습니까?"

항상 하는 주화인의 농담이지만 이번에 색깔이 다른 것이 의아한 것이다.

하지만 이번에는 농담이 아니었다.

주화인이 장삼 안주머니에서 붉은 봉투를 꺼냈다. 빛바랜 그것은 아주 오랜 세월 주화인이 보관해 온 것임을 알 수 있었다.

이단심이 깜짝 놀랐다. 그곳을 향한 주화인의 눈빛에 여전히 망설임이 느껴졌다. 그만큼 위험하고 중요한 것이리라.

주화인이 담담히 말했다.

"부모님은 생각도 안 나. 내 기억의 시작은 만두를 훔쳐 먹다 들켜 두들겨 맞던 일이니까. 그게 몇 살인지도 모르겠어. 악착같이 살아온 인생이야. 권력을 얻기 위해서라면 사랑도 버렸고, 목숨도 걸었어. 그럼 인생을 다 건 거잖아. 다 걸었으니 다 버릴 수도 있는 거잖아. 그치?"

"아가씨."

주화인이 봉투를 이단심에게 내밀었다.

"이것을… 사악련으로 보내. 사악련주 앞으로."

"……!"

이단심은 가슴이 철렁 내려앉았다.

"이게 뭔지 여쭤도 됩니까?"

이단심의 목소리가 떨렸다. 지금까지 숱한 음모를 꾸미고 당해왔지만, 사악련과 연관된 일은 없었다. 그건 대공자 역시 마찬가지였다. 이제 그 암묵적으로 지켜져 온 금기가 깨지려는 순간인 것이다.

"이 미친년이 마지막 발악을 위해… 아주 오래전부터 준비해 둔 것이지."

주화인이 깊어진 눈빛으로 덧붙였다.

"이게 실패하면 우린 진짜 죽어."

*   *   *

"새로운 강호가 열렸다!"

사내가 큰 소리를 내지르며 잔을 높이 쳐들었다.

"대공자를 위해!"

"새로운 신군맹을 위해!"

객잔 안의 모두는 흥분해 있었다. 그들 대부분은 대공자를 지지하던 이들이었다. 삼공녀를 지지하던 이들도 있었지만 그들은 조용히 패배주를 들이켜고 있었다.

쌍방의 충돌이 있을 것이란 예상과는 달리 강호인들은 순순히 결과를 받아들이고 있었다. 그것이 바로 천아성의 힘이었다. 무신이 죽은 상황에서의 결정이라면 분명 많은 문제가 발생했겠지만, 무신의 결정이었기에 감히 그에 반박하지 못하는 것이다. 더구나 삼공녀가 깨끗하게 패배를 인정함으로써 갈등의 소지는 완전히 사라졌다.

"왠지 허무하군."

누군가의 말에 많은 이들이 고개를 끄덕였다. 대공자와 삼공녀 중 한 사람만 살아남을 것이라 생각했던 것이다.

"그렇긴 하지."

그들의 마음 깊은 곳에선 둘 중 한 사람만 살아남길 바랐는지도 모를 일이었다. 자고로 싸움 구경은 화끈해야 재미있는 법이니까.

"이제 어떻게 될까? 삼공녀는 신군맹을 떠날까?"

"신군맹에 남아 대공자를 도울 수도 있겠지."

"아냐. 그녀는 떠날 거야."

"떠나지 않으면 좋겠군. 아름다운 그녀를 다시 보지 못한다면 너무 아쉬울 테니까."

이런저런 이야기들이 오고 갔다.

적호와 연은 구석 자리에서 그들의 대화를 듣고 있었다. 임무를 마치고 이제 막 돌아온 길이었다.

"예상하셨나요?"

연의 물음에 적호가 고개를 내저었다.

"아니."

그렇다고 의외란 생각은 들지 않았다. 사실 누가 되더라도 이상할 것이 없었다. 그만큼 두 사람은 두려울 정도로 치밀한 이들이었으니까. 누가 되든 후계자 역할을 잘해내리라 생각했다.

"아무튼 이제 끝났군요."

적호가 고개를 끄덕이며 다시 술잔을 비웠다. 후계자가 결정되어서였을까? 오늘따라 술이 당겼다.

다행스런 일은 대공자도, 삼공녀도 자신이 죽은 것으로 알고 있다는 점이었다.

자신이 살아 있음을 아는 유일한 사람은 연을 제외하곤 천아성이었다. 천아성의 성격상 그들에게 굳이 자신의 생존을 알릴 것 같진 않았다.

"그래도 모르니 그녀를 잘 감시해 줘."

주화인이 자포자기 심정으로 어떤 짓을 저지를지 모른다는 걱정이었다. 설마 그럴 리는 없겠지만 어쨌든 그녀는 서현이의 존재를 알고 있었으니까. 그녀에 대한 경계는 적호가 신군맹에 남은 여러 이유들 중 하나기도 했다.

"걱정 마세요."

연이 자신있게 대답했다. 가장 믿을 만한 소선을 통해 주화인에 대한 감시를 계속하고 있었다. 깊이 파고들 필요는 없었다. 멀리서 조심스럽게 그들의 이후 행보를 살피면 되는 것이니까.

"참, 그리고 새로운 위장 신분이 내려왔습니다."

"어디지?"

"이전 그대로입니다. 운송지원대 제십육지부입니다."

"아, 잘되었군."

새로운 곳에서 새로운 사람을 만나는 일은 분명 신나고 흥미로운 일이었다. 하지만 그것도 한두 번이지, 워낙 자주 옮겨

다니다 보니 새로운 사람을 만나는 일이 그리 반갑지만은 않았다. 인사조차 없는 이별 또한 마음에 걸리는 일이었다.
특히 십육지부의 상관월은 꽤 괜찮은 수하였다.
마시던 술을 비우고 두 사람이 객잔을 나섰다.
"오늘은 푹 쉬십시오."
"그렇게. 연도 푹 쉬어."
그렇게 두 사람이 헤어졌다.
하지만 대답과는 달리 적호가 향한 곳은 수련장이었다.
마지막 순간까지 방심하지 않을 것이다. 마지막 순간까지 노력할 것이다. 이렇게까지 노력했는데도 얻을 수 없는 행복이라면… 그렇다면… 그땐 웃으며 포기해 줄 것이다.
하지만 그전까진 단 한시도 쉬지 않을 것이다.

* * *

다음날 적호가 십육지부로 들어섰다.
"어서 오십시오."
상관월을 비롯해 십육지부의 무인들이 일렬로 도열해 적호를 맞았다.
모두 아는 얼굴이었기에 적호는 마음이 편했다. 물론 목소리까지 바꿔야 하는 불편함은 있었지만, 이제 경지에 이른 천변백면공이었기에 문제될 것이 없었다.

"부지부장을 맡고 있는 상관월입니다."

"반갑네, 석호네."

"앞으로 잘 부탁드립니다."

뒤에 선 무인들이 우렁차게 소리쳤다.

"나야말로."

"제가 안내하겠습니다. 가시죠."

상관월이 앞장서서 지부를 안내했다. 이미 속속들이 잘 아는 곳이었지만 모른 척 그 뒤를 따라 걸었다.

"전임지부장은 어떤 사람이었나?"

"그리 오래 모시지 못해 잘 알지는 못합니다."

그의 말속에 살짝 섭섭함이 느껴졌다. 이번 역시 한마디 작별인사조차 없이 떠나야 했으니. 남겨진 사람들의 심정이란 것이 있을 것이다. 그건 분명 떠나는 사람의 그것과는 다른 성격의 서글픔일 것이다.

그에게 미안한 마음이 들었지만, 결국 그를 위한 것이기도 했다. 자신과 깊이 인연을 맺을수록 위험해질 뿐이니까.

이내 상관월이 미소를 지으며 덧붙였다.

"그래도 좋은 분이셨습니다."

직호가 희미하게 웃으며 그 뒤를 따라 걸었다

대충 지부를 소개한 후, 마지막으로 적호를 집무실로 안내했다.

깔끔한 상관월의 일 처리답게 이미 집무실은 깨끗하게 치워

져 있었다.

상관월이 앞으로 적호가 해야 할 여러 일들을 설명하기 시작했다.

설명을 흘려들으며 적호는 자리에 앉아 창밖을 응시했다. 담벼락을 따라 심겨진 나무에서 낙엽이 떨어지고 있었다.

상관월은 적호를 유심히 살폈다. 앞서 부임했던 전임지부장과 분위기가 닮아 있었다.

그래서 기분이 나쁘지 않았고, 그랬기에 서글픈 마음이 들었다. 지부의 성격상 자주 지부장이 바뀌었지만, 왠지 전임지부장이 그리웠다. 인사 한마디 없이 그렇게 가버린 매정한 사람이지만 그럴 만한 이유가 있을 것이라 생각했다. 앞서 이도문 사건을 미루어볼 때, 그는 보통 사람이 아니었으니까.

어쨌든 눈앞의 지부장 역시 마찬가지였다. 또 어느 날 훌쩍 가버릴 것이다. 친해지려 노력하지 말고, 맡은 일을 철저히 하는 것이 옳은 선택이라며 스스로를 독려했다.

"됐네. 다른 것들은 천천히 듣기로 하지."

"알겠습니다. 그럼 쉬십시오."

"수고했네."

혼자 남은 적호가 의자에 몸을 파묻었다. 익숙한 감촉에 긴장이 풀렸다.

그때 들려온 한마디.

"잘 지냈는가?"

깜짝 놀라 돌아보니 천아성이 창밖에 서 있었다.
적호가 벌떡 자리에서 일어났다.
"그간 잘 지내셨습니까?"
"잘 지냈네. 자넨?"
"덕분에 잘 지냈습니다."
"바쁜가? 안 바쁘면 나랑 농땡이 좀 치세."
"다 맹주님 주머니에서 나오는 월전입니다만."
심마를 극복해 내면서 예전보다 천아성을 대하는 마음이 편해진 적호였다. 적호를 대하는 천아성 역시 예전보단 한결 편해진 느낌이었다.
"하하하, 나가세."
적호는 천아성이 뭔가 할 이야기가 있어 찾아왔음을 확신했다.
훌쩍 뒷담을 넘어 지부를 나선 두 사람이 어깨를 나란히 하고 걸음을 옮겼다. 적호는 주위에서 호위들의 기운을 전혀 느낄 수 없었다. 혼자 나선 길인 모양이었다.
"특별히 바라는 삶이 있나?"
질문의 의도를 짐작할 수 없었지만 적호는 솔직히 대답했다.
"행복해지고 싶습니다."
십이귀병의 대답치곤 다소 의외일 수 있는 대답이었음에도 천아성은 진지하게 그 말을 받았다.

"행복이라."

천아성이 몇 번이나 그 말을 반복했다. 자신의 삶에 그 말을 대입시키는 중일까? 천아성의 눈빛이 아련해졌다.

"나도 한때는……."

뒤에 어떤 말이 이어져도 지금은 아니란 말처럼 들렸다. 지금은 행복하지 않다는. 혹은 행복을 꿈꾸지 않는다는.

천하제일무공과 행복은 비싼 물건을 샀다고 따라오는 덤 같은 것이 결코 아니었다.

물론 천하제일고수란 그 자체로 행복할 수도 있을 것이다.

과연 천아성은 어느 쪽일까?

천하제일고수기에 그는 행복할까?

다시 천아성이 불쑥 물었다.

"지금은 왜 행복하지 않은가?"

서현이와 함께 할 수 없으니까.

물론 진심과는 다른 대답이 나왔다.

"악인을 해치우는 일이지만… 사람을 죽이는 일이지요."

"그럼 그만두면 되지 않나?"

적호가 대답을 않자 천아성이 피식 웃으며 말했다.

"남의 일이라고 너무 쉽게 말했지?"

"아닙니다. 아직 제 삶에 결단력이 없는 탓입니다."

"제대로 된 길을 걷는다는 것, 쉽지 않은 일이지."

신군맹주가 저잣거리를 걸어가고 있음에도 아무도 알아보

는 이가 없었다. 얼마 전, 공식석상에 얼굴을 드러냈음에도, 설마 신군맹주가 이렇게 백주대낮에 저잣거리를 활보할까란 생각에 그를 아는 사람도 그냥 지나쳐 갔다.

"자네 첫째, 셋째 다 만나봤지?"

"네."

"셋째 어떻던가?"

"아름다우시더군요."

뭔가 알고 묻는 것 같아 적호의 마음이 불편했다. 이 년이나 지속된 관계였으니, 천아성이 안다고 이상할 것도 없었다. 더구나 지난번, 주화인이 암습을 당했을 때 직접 찾아와서 상세를 살피던 천아성이 아니던가? 주화인을 각별히 여긴다는 것을 알았기에 더욱 그러했다.

하지만 그렇다고 그에게 먼저 그녀와의 관계를 말할 수는 없었다.

"이번 후계자 결정에 대해 어떻게 생각하나?"

"저야 현장의 일개 칼잡이에 불과합니다. 옳고 그름을 판단할 자격이나 능력이 되지 않습니다. 맹주님께서 현명하신 판단을 하셨다고 믿을 뿐입니다."

적호의 겸손에 천아성이 묘한 미소를 지었다.

"판단뿐만 아니라, 자넨 그 자리에 포함되어도 되는 사람이지."

"감당할 수 없는 말씀이십니다."

적호가 깜짝 놀랐다. 예전에도 후계자에 대한 언급을 자신에게 한 적이 있었다. 하지만 이렇게 노골적으로 하지는 않았었다.

"자넨 자네 스스로의 능력을 너무 과소평가하는 경향이 있어."

적호가 내심 긴장했다. 당연히 그렇게 생각할 것이다. 십이귀병으로 살기에는 너무 무공이 강했으니까.

"너무 그럴 필요 없네. 그러기엔 자넨 너무나 훌륭한 무인이니까."

적호는 아무 대답도 하지 않았다. 어차피 자신의 무공 실력에 대해선 알 만큼 아는 천아성이었다.

이른 시간이지만 술이라도 한잔하자고 할 것 같았는데, 천아성은 주루와 객점을 모두 지나쳤다.

외부로 나가는 길목에 이르러서 천아성이 말했다.

"난 이 길로 곧장 사악련으로 갈 작정이네."

적호가 깜짝 놀랐다.

"사악련주, 그 사람과 한 번 겨뤄보고 싶네."

"홀로 가시는 겁니까?"

지금 이 순간에도 그 어떤 호위무인의 기척을 느낄 수 없었다.

"그렇다네."

순간 적호의 마음에 불안함이 치솟았다. 물론 자신이 파악하기에 능풍비보다 천아성이 한 수 위였다. 그랬기에 더 불안했다. 자신이 안다면 능풍비도 알고 있을 테니까. 지금까지 자신이 경험한 사악련이라면… 그냥 순순히 당하지 않을 것이다.

그렇다고 실력 차이가 크게 나는 것도 아니었다. 확실한 실력 차가 난다면 천아성이 그와 겨루러 떠나지 않을 것이다. 그저 한 수 아래일 뿐이었다. 까닥 방심하면 천아성이 당할 수도 있었다.

"귀찮은 일이 생길 수도 있습니다."

혹시나 자존심을 건들까 싶어 위험하다는 말 대신 귀찮다는 표현을 썼다.

"그렇겠지."

천아성은 이미 알고 있다는 듯 여유로웠다.

적호는 그 자신감이 어디에서 오는지 잘 알고 있었다. 스스로에 대한 실력, 그는 충분히 그래도 되는 사람이었다. 그럼에도 적호는 말리고 싶었다.

"모시는 이들이 걱정할 겁니다."

"자네 지금 걱정하고 있군."

"아닙니다."

"거짓말까지."

적호가 고개를 숙였다. 음모 속에서 살아온 적호였다. 그에 비해 천아성은 음모와는 거리가 먼 삶을 살아왔다. 음모가 가장 큰 힘을 발휘할 때는 절대 일어나지 않을 것 같은 일을 꾸밀 때다.

"걱정 말게. 내 한 몸 지킬 힘은 있으니까."

적호는 더 이상 말리지 않았다.

"부디 보중하십시오."

걸어가며 천아성이 의미심장한 말을 남겼다.

"삶을 바꿀 기회가 오면 놓치지 말게."

* * *

"드디어 기회가 왔습니다."

종리문이 고개를 들고 능풍비를 응시했다. 능풍비가 들어왔음을 알았음에도 종리문은 한참을 모른 척 탁자 위의 붉은 봉투만 내려다보고 있었다. 이번 일이, 지금부터 언급될 일이 얼마나 중요한지를 그렇게 강조한 것이다.

종리문이 뒤늦게 자리에서 일어나 정중히 인사를 하며 능풍비를 자리에 모셨다.

따뜻한 차를 내어올 때까지 능풍비는 붉은 봉투에 대해 묻지 않았다.

"신군맹의 후계자가 정해졌다지?"

"네, 대공자가 정식 후계자가 되었습니다."

"전에 자네가 그러지 않았나? 우리에겐 삼공녀가 되는 것이

유리하다고."

"네, 그랬습니다."

"젠장할 상황인가?"

"그런 셈이지요."

그러면서 종리문이 씩 웃었다.

"기분이 좋아 보이는군. 집 나간 마누라가 돌아오기라도 한다던가?"

"그럼 울어야겠지요."

"그럼 새 마누라라도 생겼나?"

"그럼 그녀도 곧 집 나갈 겁니다. 집에 들어간 지가 언제인지 모르겠습니다."

"하하하!"

두 사람이 마주 보며 웃었다.

이제 장난기를 거두고 종리문이 진지하게 말했다.

"보고받으셨죠. 천아성이 련주님을 보러 온다고."

"받았네. 슬슬 손님 맞을 준비를 해야지."

대수롭지 않게 대답하는 그에 비해 종리문은 심각했다.

"후사를 정하고 나선 길입니다. 술이나 한잔 마시러 오는 것은 아니겠지요."

"날 잡아 드시겠다?"

"그나마 씹는 맛이라도 볼 수 있는 사람은 이 강호에 련주님이 유일하니까요."

종리문은 무례한 농담을 아주 심각한 표정으로 하고 있었다.

"자네 말이야. 이럴 때 보면 정이 뚝뚝 떨어진다는 것 아나? 날 어찌나 무시하는지."

"요즘 하루에 얼마나 수련하십니까?"

"자네가 하도 농땡이 친다고 야단이라, 하루에 한 시진씩은 하지 않나?"

"바빠서서 그조차도 쉽지 않으시죠?"

"그렇긴 하지."

"천아성은 그 반대입니다. 한 시진 일하고, 나머지 모든 시간을 무공 수련을 하지요. 아니, 일은 한 시진도 안 할 겁니다. 그는 평생을 무공 수련만 하고 살아온 자입니다."

종리문의 걱정은 두 사람의 성향이 완전히 다르다는 것에 있었다. 천아성은 오직 자신의 무공을 증진시키는 데만 열중했다. 신군맹이란 단체의 특별한 성격 때문에 그것이 가능했다.

신군맹은 그를 존경하는 이들이 모여 만들어진 자생적인 단체.

천아성을 신격화해서 신봉했다.

모든 일과 정치는 아래에서 해결했다. 천아성은 그저 상징적인 존재로만 있어도 충분했다.

그에 비해 사악련은 달랐다. 능풍비라는 사파제일고수의 강력한 지도력으로 이끌어가고 있었다. 정파와 사파 무인의 태생적인 기질 차이기도 했다. 신군맹처럼 풀어두면 얼마 지나지 않아 사악련은 피바다가 될 것이다.

능풍비가 짐짓 삐친 척 말했다.

"내게도 비장의 한 수가 있다네."

"알고 있습니다."

"그런데 왜 날 무시하나?"

"천아성에게도 있을 테니까요. 아뇨, 그에겐 그 비장의 수가 몇 개는 있을 겁니다."

"자넨 신군맹 군사를 했어야 했어. 지금이라도 보내줄까?"

"가기 전에 우리 쪽 후계자부터 정해 드려야겠지요."

어이없다는 표정을 짓는 능풍비에게 종리문이 정중히 고개를 숙였다. 농담은 여기까지입니다란 죄송스런 표정이었지만 사실 진심이 가득한 농담이었다.

차라리 천아성이 아주 정치적인 인물이라면 걱정이 덜될 것이다. 하지만 그는 정말이지 검을 손에 쥐고 태어났다고 해도 과언이 아닐 태생적인 무인이었다.

그는 비무에 최선을 다할 것이다. 능풍비 역시 지지 않기 위해 최선을 다할 것이다.

이 강호에서 가장 강한 두 사람의 비무였다.

종리문은 천아성이 이길 것이라 확신했다. 예전에도 천아성이 한 수 위라 여겼는데, 한 단계 더 성장했다면? 그에 비해 능풍비는 예전과 그대로였다.

그래서 능풍비가 죽게 된다면?

단지 뒷감당이란 말로 해결될 수 있는 일이 아니었다. 사악련의 무인들은 복수를 주장할 것이고, 결국 정사대전으로 이어지게 될 것이다. 더 큰 문제는 능풍비가 없는 전쟁의 결과였다. 절대 이길 수 없는 싸움이란 것이 종리문이 바라보는 이번 일의 결과였다. 이번 비무가 최악으로만 이어지면 그 마지막에 기다리는 것은 사파 몰락이었다.

"그래서 어쩌자는 것인가? 오겠다는 것을 못 오게라도 하자는 말인가?"

"할 수만 있다면요."

"강호인들이 나를 비웃을 것이네."

"아뇨. 아무도 그러지 않을 겁니다. 오히려 그냥 천아성에게 당하고 만다면 그 어리석음을 비웃을 겁니다."

"이길 수도 있다니깐!"

"그래도 안 됩니다!"

종리문이 팽팽히 맞섰다.

지금 이 순간, 노한 표정을 짓고 있었지만 능풍비는 내심 기분이 좋았다.

반드시 이겨야 한다고 자신의 등을 떠미는 군사 놈이라면 얼마나 짜증이 날 것인가? 그건 천아성을 이길 수 있느냐, 없느냐의 문제와는 별개의 문제였다.

그때 종리문이 표정을 바꾸며 말했다.
"지금까지는 이것이 도착하지 않았다면 취했을 제 입장입니다."
종리문의 시선이 탁자 위의 붉은 서찰에 가 있었다.
뒤따르는 능풍비의 눈빛이 깊어졌다.
"지금은 아니다?"
"네, 지금은 완전히 달라졌습니다."
"대체 이게 뭐기에?"
"련주님의 목숨을 구할 수 있는 방패입니다. 천아성을 죽일 수 있는 칼입니다."
"누가 보낸 건가?"
"삼공녀입니다."
삼공녀란 말에 능풍비의 두 눈이 가늘어졌다. 후계자리에서 밀린 삼공녀가 보낸 밀서라. 열어보지 않아도 후끈 열기가 느껴졌다.
종리문이 붉은 봉투를 능풍비에게 건넸다.
"읽어보십시오."
봉투를 열자 그곳에는 한 장의 서찰과 하나의 물건이 들어 있었다. 물건을 그대로 봉투에 둔 채, 능풍비가 서찰만 꺼냈다.
천천히 서찰을 읽어가던 능풍비가 두 눈을 부릅떴다.
"이게 진짜인가?"
"지금 확인 중에 있습니다만 아마 진짜일 겁니다."

"진짜라면?"

"동원할 수 있는 모든 것을 다 동원할 겁니다. 오신 김에 천사독(天邪毒)의 사용을 허가해 주고 가십시오."

천사독은 사악련이 아주 오랫동안 연구하고 준비해 둔 독이었다.

"그 사람, 독으로는 못 죽인다면서?"

"그래도 련주님께서 싸우시는 데 큰 도움이 될 겁니다."

종리문이 봉투 안의 물건을 꺼내 들며 말했다.

"이것과 천사독이라면… 련주님께서 천아성을 죽일 수 있습니다."

"자네가 보는 승률은?"

"칠 할입니다."

"칠 할이라. 물론 내가 잘 싸웠을 경우겠지?"

"네. 련주님이야 끝내주게 잘 싸우실 겁니다."

두 사람의 시선이 얽혔다.

"어차피 도망가실 곳도 없잖습니까?"

"망할 사람."

종리문이 차분히 덧붙였다.

"슬슬 마음의 준비를 하시면서 검을 손질하셔야겠습니다."

第七十三章
격장지계

절대
강호

뜻밖의 손님이 찾아왔다는 소식에 신영영이 후원의 별실로 들어섰다.

"신 소저신가요? 만나서 반가워요."

정말이지 상대는 뜻밖의 인물이었는데, 그녀는 바로 소운이었다.

화려한 옷차림의 신영영에 비해 소운은 단정한 무복 차림이었다.

신영영은 오늘 소운을 처음 보았다. 그녀의 존재에 대해서는 백무성에게 들어서 알고 있었다. 하지만 그녀가 직접 자신을 찾아오리라곤 상상도 못했다.

신영영이 굳은 표정으로 물었다.

"정말 백 소저인가?"

묻지 않아도 그녀의 얼굴에서 백무성의 모습이 보였다. 그리고 소운은 자신이 생각한 것보다 훨씬 아름다웠다.

"네, 저예요."

백무성의 딸이라면 어쨌든 자신에게도 딸인 셈이다. 그런 그녀에게 신영영은 질투심이 치밀어 올랐다.

"무슨 일로 날 보자고 했지?"

"한 번쯤 뵙고 싶었어요."

"뻔뻔하군."

차갑게 쏘아붙이는 신영영에 비해 소운은 침착했다. 그녀는 여유로운 미소를 잃지 않았다.

"갑작스러우셨죠?"

"흥! 전혀."

여유로운 소운의 태도가 몹시 거슬렸다. 시건방지게 나이도 어린 것이 어른처럼 굴고 있었다. 게다가 자신의 시선을 피하지 않고 빤히 쳐다보는 당당함은 도발적이기까지 했다.

"절 보고 싶지 않으셨나요?"

"착각하지 마! 내가 널 왜 보고 싶었겠어?"

"그럼 이곳에는 왜 나오셨죠?"

"알려주기 위해서지. 너 따윈 우리에게 아무것도 아니란 것을."

"우리라고 하셨나요? 설마 그 우리에 제 아버지가 포함된 것은 아니지요?"

신영영의 눈가가 파르르 떨렸다. 자신 앞에서 저렇게 당당하게 백무성을 아버지라 부르다니. 그녀는 울컥 화가 치밀었다.

"아버지와 생각이 많이 다르신 것 같군요."

신영영의 눈빛에 한기가 스쳤다. 백무성이 자주 그녀를 만난다는 것은 이미 알고 있었다.

'그렇다고 이렇게 기고만장하게 나온단 말이지?'

그녀도 사갈이란 소릴 듣는 악녀였다. 어린 소운 정도는 손쉽게 상대할 수 있었다. 적어도 그렇게 자신했다.

"너! 보통내기가 아니군."

"칭찬으로 듣겠어요."

신영영이 적수를 대하는 차가운 미소를 지었다.

"말 빙빙 돌리지 말고. 날 찾아온 이유가 뭐지?"

"좋아요, 단도직입적으로 말씀드리죠. 앞으로 제 존재를 공식적으로 인정해 주세요."

"뭣이?"

"당신이 부정해도 난 아버지의 딸이에요. 차기 신군맹주의 딸이라고요."

신영영의 속에서 울컥 화가 치밀어 올랐다. 소운이 왜 자신을 찾아왔는지 정확히 알 것 같았다. 남편이 후계자가 되자 욕심이 난 것이다.

'망할 년! 잘근잘근 씹어 똥통에 뱉어버릴 년!'

신영영의 눈빛이 차갑게 가라앉았다. 차라리 그전에 찾아왔다면 이렇게 밉지는 않을 것이다. 후계자가 되고 나니, 이런 속보이는 짓을 하는 것이다.

"그래서 만천하에 알려달라?"

"그건 우리가 알아서 할 거예요."

"우리?"

"아버지와 저요. 그냥 마음의 준비를 하시란 거예요."

신영영의 독살스런 눈빛에도 소운은 조금도 주눅 들지 않았다.

"전 아버지의 모든 것을 물려받을 거예요. 당신은 결코 물려받지 못할 모든 것들을요."

"미친년! 세상일이 그렇게 호락호락한 줄 아느냐?"

소운의 눈빛이 차분히 가라앉았다.

"당신이 어떤 사람인지 알아요."

"뭐?"

신영영의 두 눈이 길게 찢어졌다.

"네가 뭘 안다는 거지?"

"현장의 일개 칼잡이와 부정한 관계를 맺고 있었다는 것을요."

순간 신영영이 깜짝 놀랐다. 설마 소운이 비룡을 언급할 줄은 생각도 못했다.

소운의 차가운 말이 이어졌다.

"날 죽이려고 그자를 보낸 것까지도요. 내 말을 듣지 않으면 그 사실을 만천하에 폭로할 거예요."

획!

참지 못한 신영영이 뺨을 때리려 했지만 소운이 가볍게 피했다.

화가 머리끝까지 치민 신영영이 내력을 끌어올리며 달려들었다. 신영영이 거칠게 어깨를 낚아채려고 손을 내뻗었다.

이번 공격 역시 소운이 가볍게 피했다.

파곽!

신영영이 쌍장을 내질렀다. 적중당하면 어깨가 부서질 그런 공격이었다.

휘리릭.

이번 역시 가볍게 소운이 공격을 피하자 뒤쪽의 장식장이 부서졌다.

다음 순간.

퍽!

휘청하며 밀려난 신영영이 그대로 엉덩방아를 찧었다. 소운이 사정없이 신영영의 어깨를 후려친 것이다. 다행히 내력이 깃들지 않은 공격이어서 뼈가 상하진 않았지만 매우 굴욕적인 공격이었다.

신영영은 소운의 무공이 자신보다 고강함을 깨닫고는 어깨를 부여 쥔 채 조소했다.

"비록 피가 섞이지 않았다 해도 난 네 어미가 되는 사람이야. 어디서 배웠는지 대단한 예의범절이군."

그러자 소운 역시 차갑게 비웃으며 말했다.

"그 말은 좀 전의 그 더러운 수작을 부리기 전에 하셨어야죠."

"뭣이? 더러운 수작?"

"멍청한 짓이기도 했죠. 날 건드렸다는 것을 알면 아버지가 가만히 있겠어요?"

신영영의 눈에서 살기가 뿜어져 나왔지만 소운은 조금도 겁을 먹지 않았다.

"딸로 대우받는 것은 기대하지도 않아요. 그러니 그 반대도 기대하지 말아요."

두 사람의 눈빛이 허공에서 얽혔다.

"당신은 우리 아버지 곁에 있을 자격이 없어요."

독설도 독설이지만 만남 이후 소운은 단 한순간도 신영영의 시선을 피하지 않았다. 그것이 신영영을 더욱 화나게 만들었다.

"오늘 일 잊지 않는 것이 좋아."

"당신이야말로 오늘 일 잊지 않는 것이 좋아요. 내 말 명심해요."

소운이 방을 나섰다.

쨍강!

가장 가까이 있던 도자기가 산산조각나서 깨어졌다.

쨍강! 와장창!

신영영이 손에 잡히는 대로 사방으로 집기를 집어 던졌다.

"아가씨! 참으십시오! 아가씨!"

다급히 들어온 사람은 바로 조충(曹忠)이었다. 조충은 오랫동안 그녀를 모셔온 수하로 그녀의 성정과 과거에 대해 잘 알고 있는 인물이었다.

그는 그녀가 저질러 온 악행은 물론이고 비룡과의 관계도 알고 있었는데, 그 사실을 신패극에게 고하지 않았다. 그는 목숨을 오래 유지하는 방법에 대해 잘 알고 있는 사람이었다.

와장창! 짜직!

신영영은 분노를 참지 못했다. 그녀가 잘하는 것은 분노하는 것이지 참는 것이 아니었다.

태어나서 당한 가장 큰 모욕이었다.

"멍청한 놈! 그때 죽여 버렸으면 이런 일도 없잖아!"

괜히 죽은 비룡이 원망스러웠다. 그리고 그가 그리웠다. 그가 살아 있다면 당장 만나서 소운을 죽여달라고 떼를 쓸 것이다.

"아가씨, 제발 고정하십시오."

조충이 다시 그녀를 달래기 위해 애썼다.

"어떻게 하면 그년을 쥐도 새도 모르게 죽여 버릴까?"

이미 소운을 죽이기로 마음을 굳힌 신영영이었다.

그녀를 죽여야 할 이유는 넘치고 넘쳤다.

지금도 저러할진대, 백무성의 힘이 강해지면 소운은 자신을 잡아먹으려 들 것이다.

게다가 예전 비룡과의 관계가 폭로되면 그야말로 끝장이었다. 현숙하다고 믿고 있는 아버진 자신을 용서하지 않을 것이다.

소운에게 당하기 전에 먼저 없애야 했다.

"방금 그년 누구와 함께 왔었지?"

"혼자 온 것 같았습니다."

"혼자?"

신영영이 아쉬운 표정을 지었다.

"호위 없이 왔을 때, 죽여 버렸어야 했어."

물론 그럴 상황은 아니었다. 처음 그녀를 만날 때 죽일 생각이 없었고, 우발적으로 죽이려 해도 그녀의 무공이 자신보다 강했으니까.

"무슨 수를 써서라도 없애 버려야 해."

"불가능합니다. 백 공자께서 그에 대한 방비를 철저히 하시고 계실 테니까요."

조충의 대답에 신영영이 입술을 지그시 깨물었다.

"백 공자는 바보가 아닙니다. 소운이 죽으면 당장 아가씨를 의심할 것이고, 진실을 밝히기 위해 갖은 방법을 다 동원할 것입니다. 잊으셨습니까? 공자께서는 진실을 알아낼 수 있는 여러 대법들에 능통하시다는 것을요?"

"그래, 네 말이 맞아."

섣불리 움직였다간 큰 화를 당하게 될 것이 확실했다.

그녀의 기세가 한풀 꺾였음을 알아차린 조충이 좋은 어조로 그녀를 달랬다.

"당분간 그녀에 대해서는 잊으십시오."

"알았어. 그만 나가봐."

조충이 조용히 물러났다.

하지만 조충의 충성 어린 조언에도 불구하고 신영영의 살기는 더욱 짙어져 있었다.

'어떻게든 죽여야 해. 그것도 빠른 시간 안에.'

한편 신영영의 처소를 나온 소운이 근처에 세워진 마차에 올라탔다.

놀랍게도 마차에서 기다리고 있던 사람은 주화인이었다.

"어떻게 되었느냐?"

"절 죽이고 싶어 안달이 났습니다."

그녀는 소운이 아니라 주화인의 대역무인이었다. 천변백면공으로 소운으로 위장한 것이다. 어차피 소운을 한 번도 본 적이 없는 신영영이었기에 정교한 위장은 필요없었다.

주화인이 의미심장한 미소를 지으며 말했다.
"이제 칼만 쥐어주면 되겠군."

              *   *   *

"어쩐 일이시오?"
신영영의 예고 없는 방문에 백무성이 깜짝 놀랐다.
"지나던 길에 잠시 들렀어요. 혹시 바쁘시면 물러가겠습니다."
"아니오, 기왕 오셨으니 차 한잔하십시다."
두 사람이 마주 앉았고 시비가 차를 가져왔다.
"요즘 많이 바쁘시죠?"
신영영이 애정이 듬뿍 담긴 미소를 지었다. 물건을 부수고 미쳐 날뛰던 모습과는 전혀 다른 이중적인 모습이었다.
하지만 겉으로 보이는 온화한 모습과는 달리 신영영의 속마음은 그 어느 때보다 차가웠다. 솔직히 백무성을 보는 마음이 편하지 않았다.
이번에 백무성이 후계자가 되며 수많은 사람들에게 축하를 받은 그녀였다. 자신이 기다렸던 순간이기도 했다.
하지만 그녀는 생각보다 기쁘지 않았다. 생각보다 너무 기쁘지 않아 스스로도 당황할 정도였다.
의외로 그녀를 자극한 것은 백무성과의 사적인 감정이었다.

첫날밤을 치르던 그날의 백무성이 떠올랐다. 그 무미건조한 눈빛과 무덤덤한 손길은 지금 생각해도 기분이 나빴다. 그야말로 의무적인 관계였다.

'대체 날 어떻게 생각하고!'

비룡이 있을 때와 없을 때의 차이였다. 비룡이 있을 때는 아예 사내로 생각조차 하지 않았던 백무성이었다. 하지만 비룡이 죽고 나자, 자신도 모르게 백무성의 태도가 신경 쓰이기 시작한 것이다.

비룡이 있었을 때라면 오히려 백무성의 무관심이 편하고 기뻤을 터인데, 이제는 자존심이 상했다.

백무성에 대해 미묘한 감정을 느끼던 차에 이번 소운의 방문은 그녀의 꺼져 있던 악심을 활활 되살려 놓았다.

'망할 것들! 다 파멸시켜 버릴 거야!'

하지만 적어도 지금 이 순간, 그녀는 스스로의 마음을 완벽히 감추고 있었다.

"식사는 제때 챙겨 드시는지 걱정됩니다."

"난 괜찮소."

백무성이 미소를 지었다. 이럴 때 보면 신영영은 그야말로 세상에 둘도 없이 현숙한 요조숙녀였다. 정말이지 자신이 조금만 더 세상 물정을 몰랐다면 그대로 속고 말 그런 가증스러움이었다.

"난 괜찮소. 부인이야말로 얼굴이 좋지 않소."

"요 며칠 잠을 설쳐서요."

"근심이라도 있으시오?"

"아닙니다."

신영영이 조용히 차를 마셨다. 한편으로 그녀가 가엽다는 생각도 들었다. 검천이란 거대한 조직의 장녀란 자리가 만들어낸 어쩔 수 없는 결과란 생각이 들었다.

잠시 어색한 침묵이 흘렀다. 몇 마디 오가고 나니 할 말이 없었다. 두 사람 관계를 단적으로 보여주는 순간이었다.

"소운, 그 아이는 한 번씩 보나요?"

갑자기 소운에 대해 묻자, 백무성이 내심 당황했다. 절대 가져주지 않기를 바라는 관심이었다.

"가끔 보오. 요즘은 바빠서 통 못 봤구려."

"그럴수록 시간을 내어야지요."

"진심이시오?"

"그럼요. 어쩌니 저쩌니 해도 당신의 딸이잖아요? 인륜을 거슬러서는 안 된다고 생각해요."

"그렇게 생각해 주니 고맙구려."

백무성은 감격한 표정을 지었다. 말뿐이라도 딸아이와 관계된 문제니 기분이 좋아졌다.

좋은 분위기가 형성되자 신영영이 넌지시 말했다.

"부탁이 있어요."

"무엇이오?"

"저도 서방님을 돕고 싶어요."

예상치 못한 말에 백무성은 잠시 아무 대답도 하지 못했다. 자신을 돕고 싶다는 말은 곧 신군맹의 일을 맡고 싶다는 뜻이었다. 백무성은 그녀의 속내를 선뜻 알아차리지 못했다.

"그런 일이라면 아버님께 부탁하지 않고요?"

신패극에게 말하면 중책을 맡겨줄 것이다.

그러자 신영영이 빤히 백무성을 쳐다보며 단호히 대답했다.

"혼인을 한 이상 출가외인(出嫁外人)이지요. 아버님께 부탁드리는 것은 옳지 않은 일이라 생각해요."

백무성이 고개를 끄덕였다.

"원하는 일이라도 있소?"

"네."

"무엇이오?"

"백검대를 제게 주세요."

백무성이 깜짝 놀랐다.

백검대는 신패극이 특별히 자신에게 내렸던 조직이었다. 은밀히 숨겨둔 소천회를 제외하곤 검천에서 가장 강한 조직이었다.

"부인이 감당하기에 힘든 자리라 생각하오만."

"어려서부터 봐왔던 이들이에요. 그들을 부리는데 저만한 적임자는 없을 것이라 생각해요."

"혹시 장인어른의 뜻이오?"

"아니에요. 아버님은 이 일과 관계가 없으세요."

신영영의 대답이 조금 건조해졌다.

이번 일은 신영영의 독자적인 결정이었다. 그녀 역시 야망이 있었다. 물론 그 야망은 주화인의 그것과는 달랐다. 주화인의 야망이 대의적인 성격에 가깝다면 그녀의 야망은 본질적인 욕망에 가까웠다. 주화인의 야망에 피 냄새가 난다면, 신영영의 야망에는 땀 냄새가 났다.

소운이 했던 말이 가슴속에 울려 퍼지고 있었다.

"전 아버지의 모든 것을 물려받을 거예요. 당신은 결코 물려받지 못할 모든 것들을요."

고개를 내젓는 백무성을 보며 신영영은 독심을 품었.

'빌어먹을! 아껴뒀다 전부 다 네 딸년을 주겠다는 거지?'

그녀는 피어오르는 살심을 감추며 온화한 미소를 지었다.

"속 좁은 아녀자가 무얼 알겠습니까만, 서방님을 돕고자 하는 마음은 진심이에요. 백검대는 서방님께서 가장 믿을 만한 사람에게 맡겨야 하지 않겠어요?"

그녀는 믿을 만한이란 말을 특별히 강조했다.

백검대를 요구하는 것은 비단 백무성의 속마음을 떠보기 위함만은 아니었다.

그녀는 실제적인 권력을 갖기를 원했다. 야수들과의 식사에 있어 늦장을 부리면 언제나 맛있는 부위는 남아나지 않는 법이란 것을 그녀는 누구보다 잘 알고 있었다.

백검대만 자신의 손에 넣을 수 있다면 야망을 펼치기 위한 기반을 얻게 되는 것이다. 신영영은 거기서부터 시작할 작정이었다.

"알겠소. 생각해 보겠소."

"그럼 믿고 가보겠습니다."

그녀가 물러가고 밖에서 대기하던 진충이 안으로 들어왔다.

"들었나?"

"네."

"갖은 생색을 다 내고 주더니."

백무성이 혀를 차며 고개를 내저었다.

"이제 막 후계자가 되셨습니다. 벌써부터 이런 요구를 한다는 것 자체가 공자님을 우습게 여긴다는 겁니다. 절대 들어주시면 안 됩니다."

자신을 어떻게 생각하는지는 애초에 잘 아는 바니 기분이 나쁘고 말고 할 일이 아니었다. 문제는 어떻게 대처하느냐였다.

"백검대는 활용도가 뛰어난 조직입니다."

백무성이 고개를 끄덕였다.

자신에게 내려졌지만 아직까지는 백검대는 검천의 조직이었다.

하지만 앞으로 진충에게 맡겨 자신의 힘으로 흡수할 작정인 것이다. 마음으로 따르진 않지만 그래도 지휘권이 자신에게 있기에, 천천히 시간을 두고 하나둘씩 자신의 사람을 투입하다 보면 결국 자신의 것이 될 것이다.

"주지 않으면 그냥 있지 않을 텐데."

"그냥 있지 않으면요?"

이번 일에 있어 진충은 강경했다.

"초반 기싸움에서 밀리면 앞으로 많은 것을 양보해야 할 겁니다."

물론 백무성은 그럴 생각은 전혀 없었다.

"그럼 어떻게 해야 할까?"

"공자님의 의지를 보여줘야겠지요."

백무성이 뜻 모를 미소를 지었다.

"그럼 너무 가혹할 텐데?"

진충이 씩 웃으며 말했다.

"적당히요."

* * *

"아가씨! 제발 참으십시오!"

한 손으로 도자기를 번쩍 치켜든 신영영을 조충이 필사적으로 말렸다. 이틀 전 새것으로 교체한 집기를 다시 부수려는 것이다.

"그 미친놈이 정말 이걸 전했단 말이지?"

"말씀 낮추십시오. 누가 듣겠습니다."

"들으라지! 들으라고 하는 말이야!"

"아가씨!"

신영영이 다른 손에 들린 종이를 다시 한 번 내려다보았다. 그것은 신군맹의 정식 발령서였다. 백무성을 방문하고 이틀 후에 전해진 것이었다.

"운송지원대주? 나보고 가서 창고나 지키란 말이잖아?"

운송지원대는 적호가 지부장으로 위장 부임해 있는 바로 그 조직이었다.

"그가 쉽게 백검대를 내주지 않을 것이라 예상하지 않으셨습니까?"

"그렇다고 이딴 자리를 내줘? 단주도 아니고 대주?"

조충은 마음속으로 그 자리도 그녀에게 넘치는 자리라 생각했다. 말이 좋아 이깟 대주지 그것도 일반 무인은 십 몇 년을 고생해야 올라갈 수 있는 자리였다. 조장 한 번 못해보고 일반 무인으로 평생 늙어가는 이들이 더 많은 곳이 신군맹이었다.

"애초에 그곳이 단이 아니라 대가 아닙니까?"

"아가리 안 닥쳐?"

신영영이 이를 바득바득 갈며 도자기를 조충에게 집어 던지려는 순간이었다.

그때 밖에서 시비의 목소리가 들렸다.

"천주님께서 오셨습니다."

"뭐? 아버님이?"

신영영이 도자기를 제자리에 내려놓았다. 순식간에 그녀의 표정과 목소리가 온순하게 바뀌었다.

"어서 뫼셔라."

신패극이 안으로 들어섰다. 조충이 정중히 인사를 하고 밖으로 나갔다.

"어서 오세요, 아버님."

그녀에게서 방금 전의 난폭함은 결코 찾아볼 수 없었다. 신패극에게 그녀는 언제나 조신하고 현숙한 딸이었다. 그녀는 단 한 번도 아버지에게 자신의 본성을 들킨 적이 없었다.

신패극은 잠깐의 만남에도 상대의 의중까지 파악해 냈지만 자신의 딸만큼은 제대로 알지 못했다.

두 사람이 마주 앉자 시비가 차를 내왔다.

"백 서방에게 백검대를 달라고 했다고?"

신영영이 송구스런 표정으로 고개를 숙였다.

"공연한 짓을 했습니다."

"너답지 않더구나."

신패극 역시 백검대를 신영영이 맡는 것은 반대였다. 아직은 자신의 통제하에 있는 조직이었다. 물론 앞으로도 백무성에게 줄 생각이 없었다. 백검대를 그에게 준 의도는 감시와 압박이었다.

"그래, 경솔한 면이 없지 않았지. 하나… 나쁘진 않았다."

신영영의 새로운 면을 본 것 같아 기분이 좋은 것이다.

"백 서방이 후계자가 된 이상, 너도 강해져야 한다. 일개 부녀자로 살아선 안 될 일이다."

"명심하겠습니다."

"그리고 대주 일 맡도록 해라."

순간 신영영은 아버지가 이번 일에 대해 모든 것을 알고 왔음을 알아차렸다.

"저뿐만 아니라 아버님까지 무시하는 일입니다."

"그래, 그렇게 볼 수도 있겠지."

신패극은 그 점을 부정하지 않았다.

"하나 권력을 차지하기 위해선 인내도 필요한 법이다. 권력을 차지하는 것이 그리 쉽다면 세상에 권력자 아닌 사람이 어디에 있겠느냐?"

신영영은 말없이 이야기를 듣고 있었다. 아버지가 자신의 일을 주시하고 있었다는 사실이 기쁘지만은 않았다. 자신을 지지하기 위해서가 아니라 자신이 일을 망칠까 감시하는 것이었다. 자신을 백무성을 이용하기 위한 수단으로 보고 있다는 사실은 언제나 그녀를 씁쓸하게 했다.

신패극이 강경한 어조로 말했다.

"대신군맹의 대주 직이다. 어찌 그 자리가 가볍다고만 할 것이냐!"

그제야 신영영이 공손히 대답했다.

"제 생각이 짧았습니다, 아버님."

"너무 서두르지 말거라. 앞으로 시간은 많으니까."

"명심하겠습니다."

신영영을 다독여 준 후 신패극이 그곳을 나섰다.

혼자 남은 신영영이 아무도 들이지 말라 명령한 후 벽장에서 술을 꺼내왔다.

그녀가 홀로 술을 들이켰다.

갑자기 외로움이 밀려들었다. 비룡이 죽은 후, 어딘지 모르게 가슴이 묵직하던 그녀였다. 죽을 정도로 슬프지 않았기에, 그랬기에 잘 견뎌내고 있다고 생각했다.

하지만 이렇게 마음이 심란하고 화가 날 때면 비룡이 생각났다.

세상에서 유일하게 자신을 사랑해 준 사람.

아무 조건 없이 사랑해 준 유일한 사람.

오랜 세월 동안 수많은 이들의 가슴을 찢은 불변의 진리는 그녀에게도 적용되고 있었다.

가장 소중한 것은… 언제나 잃고 나서야 깨닫는다는.

第七十四章

승진인사

절대
강호

"어휴, 이제 쌀쌀하다 못해 춥구나, 추워."

엄백양이 몸을 떨며 작전실로 들어서는 그때, 갑자기 눈앞에서 폭죽이 터졌다.

타타타타타탁!

"어이쿠!"

엄백양이 머리를 감싸며 뒤로 물러섰다. 순간 기습을 당했다고 생각했다.

'아차!'

상대를 정확히 파악하고 반격을 했어야 했는데 최악의 선택을 하고 만 것이다. 실전은 고사하고, 연습 비무조차 언제 했는지 기억이 나지 않았다.

'결국 이렇게 죽는구나!'

온갖 생각이 머리를 스치던 그때, 들려오는 우렁찬 소리.

"축하드립니다!"

엄백양이 고개를 돌리니 휘각원들이 일렬로 늘어서서 박수를 치고 있었다.

"대체 무슨 일이야?"

임영달이 히죽 웃으며 물었다.

"아직 소식 못 들으셨죠?"

"뭔 소식?"

"각주님께서 승진하셨습니다."

"각주님? 정말? 어디로? 그런데 왜 내게 난리야?"

홍사백이 웃으며 말했다.

"그 각주님 말고요."

"뭐? 대체 무슨… 헉! 설마?"

"네. 부각주님께서 각주님이 되셨습니다."

엄백양이 경악해 눈을 동그랗게 치떴다. 입을 헤벌쭉 벌린 채 한참을 그렇게 서 있던 엄백양이 재빨리 물었다.

"그럼 각주님은?"

"잘렸죠."

"뭐?"

"잘리고 신비루주가 되셨습니다."

"아!"

긴장이 풀린 엄백양이 입구 가까운 자리에 털썩 주저앉았다. 기쁨보다는 얼떨떨함이 앞섰다.

"이번에 동시에 십여 군데에서 인사 이동이 있었습니다. 아마도 우리 쪽 인사 이동을 감추기 위한 것 같습니다."

엄백양이 다시 한숨을 내쉬었다. 대공자가 후계자가 되고 가장 먼저 단행된 인사 이동이었다. 권력의 중심축이 이동을 시작한 것이다.

조비랑이 엄백양의 소맷자락을 잡아끌었다.

"자, 여기에서 이러지 마시고 들어가시죠."

모두들 엄백양을 각주실로 잡아끌었다. 책상 위의 명패는 어느새 자신의 이름으로 바뀌어 있었다.

"이놈들아! 벌써 명패까지! 각주님, 아니, 루주님이 보시면 섭섭하겠다."

"드높은 자리로 날아가셨는데, 그럴 리가요."

임영달이 대수롭지 않게 대답했다. 사실 그들은 구양서보다 엄백양을 더 좋아했다. 더구나 앞으로 엄백양은 휘각에 남지만, 구양서는 신비루로 떠난다.

"각주님, 아니, 루주님은 어딜 가셨지?"

"전임 루주님을 보러 가셨습니다."

악취미란 생각에 엄백양이 실소했다. 자신이라면 미안해서라도 일부러 피할 것 같은데. 하긴 구양서가 오늘을 얼마나 기다려 왔는지 누구보다 잘 아는 그였다.

"자, 앉으십시오."

엄백양이 복잡한 심정으로 구양서의 자리에 앉았다. 매번 봐오던 창밖 풍경이 오늘따라 남달라 보였다.

"문 걸어 잠급니다. 오늘 하루는 여기서 나오지도 마십시오! 하하하."

기쁨을 만끽하라며 휘가원들이 밖으로 나갔다.

혼자 남은 엄백양이 천천히 방 안을 둘러보았다. 기쁘기도 했지만 한편으로 마음도 무거웠다.

자리는 언제나 책임을 동반하는 법, 엄백양은 벌써부터 부각주 때가 그리워졌다.

* * *

"그간 많은 것을 배웠습니다."

구양서의 정중한 인사에 야공이 미소로 대답했다.

"다 자네가 뛰어난 탓이지."

자신을 찾아와 마음에도 없는 저딴 말을 지껄이는 것으로 볼 때 구양서는 분명 약을 올리고 있었다. 야공은 화가 머리끝까지 치밀었지만 그것마저 들키면 정말 비참해질 것 같아서 애써 담담함을 유지했다.

"좋게 봐주시니 감사할 따름입니다."

구양서는 정말이지 승자의 기쁨을 만끽하고 있었다. 오늘 이 순간을 얼마나 기다려 왔는지 그 누구도 모를 것이다.

"운송지원대 지부장 자리를 거절하셨다고 들었습니다."

"그렇다네."

신군맹의 핵심에서 벗어난 조직, 더구나 그조차도 전투 조직이 아닌 곳의 지부장이었다. 그야말로 바닥으로 좌천된 것이나 마찬가지였다. 그야말로 제 발로 나가란 압박이었다.

야공은 지부장 자리를 거절했다. 물론 이대로 순순히 물러날 생각은 없었다. 어떻게든 재기를 노릴 것이다.

"후후, 자네 기분이 좋아 보이는군."

"부정하진 않겠습니다."

득의만면의 미소를 짓는 구양서를 보자 야공은 배알이 뒤틀렸다. 실력으로 진 것이 아니었다. 줄을 잘못 섰을 뿐이었다.

하지만 그 역시 진 것은 진 것이다. 어느 줄을 잡느냐 역시 정치를 하는 이들에게 가장 중요한 능력이었으니까.

"잊지 말게. 높은 곳에서 추락하면 더욱 아픈 법이라네."

"명심하지요, 선배님."

선배란 말에 야공이 이를 갈며 밖으로 나왔다.

건물 밖에 강회가 기다리고 있었다.

"비참하군."

"참으셔야 합니다."

"그래, 보다시피 이를 악물고 참고 있네."

야공의 비틀린 입에서 자조적인 한숨이 새어 나왔다.

두 사람이 천천히 걸음을 옮겼다. 뒤따르던 강회가 축 처진 야공의 뒷모습을 보며 나직이 말했다.

"재기의 기회는 분명 다시 올 것입니다."

"정말 그렇게 믿나?"

"네."

야공이 잠시 걸음을 멈췄다.

"삼공녀가 이렇게 무너질 줄 몰랐네."

그건 강회 역시 마찬가지 마음이었다.

"맹주께서 백 공자를 선택한 이유에 대해 조사하고 있습니다."

"부질없는 짓이네."

강회는 그 말에 부정하지 못했다. 야공의 재기를 도와야 하는데 어디서 어떻게 시작해야 할지 막막했다.

그때 또 다른 심복 밀영이 그들에게 모습을 드러냈다.

"잠시 같이 가실 곳이 있습니다."

밀영은 평소와 달리 상기되어 있었다.

행선지를 묻지도 않고 야공이 그 뒤를 따랐다.

혹시나 있을지 모를 감시를 피해 몇 번이나 돌고 돈 야공 일행이 도착한 곳은 인근의 한 민가였다.

방에서 자신을 기다리는 사람을 보고 야공이 깜짝 놀랐다.

바로 주화인이 기다리고 있었던 것이다.

"낙향에 필요한 노잣돈이라도 주시게요?"

주화인이 농을 농으로 받았다.

"패배자들끼리 마지막 회합이나 가져볼까 해서요."

두 사람이 마주 보며 피식 웃었다.

주화인이 장난기를 거두며 말했다.

"이런 곳에서 뵙자고 해서 죄송해요."

"아닙니다."

후계자에서 밀려났다고 그렇다고 주화인은 박대할 상대가 아니었다. 그녀는 여전히 대하기 어려운 상대였다. 그녀가 이런 곳으로 은밀히 자신을 부른 이유가 궁금했다. 골수까지 정치인이라 자부할 야공이었다. 그는 이 만남에서 어떤 희망의 냄새를 맡았다.

야공이 그녀를 위로했다.

"심려가 크시리라 생각합니다."

"제가 모자란 탓이지요."

"그럴 리가요? 저는 공녀님만큼 대단한 사람을 본 적이 없습니다."

"여전히 루주님께선 달콤한 말씀을 잘해주시는군요."

"사실이니까요. 하하하."

야공이 한바탕 시원하게 웃었다. 그 웃음으로 삼공녀에 대한 실망감을 깨끗이 떨쳐 냈다. 지난 일에 대한 미련보단 앞으로 나아가야 할 때였다.

"이제 어쩌실 작정이십니까?"

"반격을 해야지요."

야공은 주화인의 표정에서 어떤 강렬한 의지를 느꼈다. 오늘 자신을 만난 이유도 그 때문일 것이다. 마지막 반격을 위해서.

"우리 자리를 되찾아야지요."

"그를 죽이겠다는 말씀이십니까?"

주화인은 긍정도 부정도 하지 않고 야릇한 미소만 지을 뿐이었다.

야공이 걱정스럽게 말했다.

"맹주님께서 마음을 굳힌 이상 쉽지 않을 겁니다."

주화인이 피식 웃었다.

"쉽지 않은 것이 아니라, 사형에 대한 그 어떤 공격도 이제는 반역으로 몰릴 겁니다."

반역이란 말에 야공의 표정이 흠칫 놀랐다. 반역죄로 잡혔다간 상상도 못할 고초를 겪게 될 것이다.

"겁이 나십니까?"

야공이 솔직히 고개를 끄덕였다.

"반역죄로 잡힌다면 유일한 희망은 죽음이 될 테니까요."

"그렇겠지요."

두 사람 사이에 잠시 침묵이 흘렀다. 그 시간은 야공이 '무엇이 기다리든 어차피 가야 할 길'이란 결론을 내린 시간이었다.

"설령 암살이 통한다 하더라도, 맹주님의 분노를 감당할 수 없을 겁니다. 동기를 가진 사람은 공녀님뿐이니, 설령 공녀님이라 할지라도 무사할 수 없을 겁니다."

그런 의미에서 이미 끝난 싸움이었다. 주화인도 모르지 않을 것이다.

"사부님 문제는 제게 맡기세요."

그런데도 이런 말을 한다는 것은 그녀에게 어떤 복안이 있다는 것이다.

"제가 할 일은 뭡니까?"

"사형을 상대해야지요."

"어떻게 말입니까."

주화인이 희미하게 웃었다.

"사형에게는 치명적인 약점인 사람이 둘 있지요."

"둘? 그게 누굽니까?"

"가장 가까이에 있는."

곧이어 야공의 머릿속에 연속해서 두 사람이 떠올랐다.

"소운… 신영영."

주화인이 천천히 고개를 끄덕였다.

"이제 준비되셨습니까?"

야공이 주화인을 응시했다.

이대로 잠시 신군맹을 떠나 휴식을 취하며 재기를 꿈꿀 수도 있다. 이렇게 한 몇 년 지나면 새로운 기회가 올 수도 있을 것이다. 충분히 그럴 만한 능력과 머리를 지녔고, 또한 지난 경력 역시 화려했으니까.

하지만… 지금의 이 기회보다 더 나은 기회가 있을까?

분명 주화인의 이 손 내밈은 그에게 있어 최고의 기회이자 마지막 기회였다. 동시에 지금까지 겪었던 그 어떤 일보다 위험했다.

이윽고 야공이 결론을 내린 눈빛으로 묵묵히 고개를 끄덕였다.

"제가 해야 할 일을 말해주십시오."

주화인이 깊어진 눈빛으로 나직이 말했다.

"잊지 마세요. 실패한다면 우리에게 필요한 돈은 낙향을 위한 돈이 아니라… 저승길에 필요한 노잣돈이 될 거예요."

* * *

운송대 대주에 부임한 첫날 신영영은 휘하의 모든 지부장들을 불러들였다.

그중에는 제십육지부장인 적호와 구지부장으로 임명된 야공도 포함되어 있었다.

적호는 야공을 알아보았다.

그가 권력에서 밀려났다는 말을 연에게 전해 들었다.

하지만 자신의 눈으로 직접 그를 보자 권불십년(權不十年)의 허무함을 새삼 느꼈다.

당연히 야공은 적호를 알아보지 못했다. 적호는 죽은 줄 알고 있었고, 이곳에 적호가 위장 신분으로 있다는 것을 알았다 하더라도 새로운 적호라 생각할 것이다.

그때 대청에 모인 지부장들 중 누군가 버럭 소리쳤다.

"빌어먹을! 해도 너무하는군."

그는 바로 성질 급하기로 유명한 제삼지부장이었다. 그는 오늘의 이 회합에 불만이 많았다.

대주가 새로 부임하면 당연히 지부장들과 회합을 갖는다. 하지만 그 회합은 연회의 형식으로 이뤄지지 이렇게 대청으로 불러 세우진 않는다. 더구나 부임한 첫날의 소집이라니? 그 의도가 뻔했다.

"기강을 잡겠다는 건데, 한마디로 우릴 졸(卒)로 본 거지."

"진짜 제가 왕이라도 된 줄 아는 거겠지."

오지부장이 맞장구를 치며 본격적으로 불평을 하려 할 때, 그들 중 가장 연장자인 팔지부장이 큰 소리로 말했다.

"입방정 함부로 떨다가 모가지 날아간다."

일순간 장내가 조용해졌지만 이내 삼지부장이 소리치듯 말했다.

"그러라고 하세요."

승진인사 103

물론 마음에도 없는 말이었다. 대부분 비슷한 심정이었기에 이 정도 불평은 큰 문제가 될 일이 아니었다. 지부장들 간의 유대감이란 것이 존재했으니까.

 팔지부장이 모두를 돌아보며 당부했다.

 "다들 입조심들 해야 하네. 상대는 검천의 장녀이자 대공자의 부인일세. 말 한마디 잘못했다가 그 볼품없는 머리통이 날아간다고 전혀 이상할 것이 없단 말이지."

 적호는 신영영과 야공, 그리고 자신이 한곳에서 만났다는 것이 공교롭다고 생각했다. 뭐든 일단 의심부터 하는 것이 습관이 된 그였다. 이번 일도 우연이 아닐지 모른다는 일말의 가능성을 적호는 염두에 두었다.

 삼지부장이 불만스럽게 말했다.

 "경험도 없는 그녀를 대주로 앉힌 것이 말이 된다고 생각하십니까? 아무리 허접이라지만 우리 지원대가 무슨 장난입니까?"

 "맞아, 말이 안 되지. 그러니까 그 입 다물라고! 상대는 말도 안 되는 일을 버젓이 해내는 그런 자들이니까."

 순간 삼지부장은 물론 다른 이들도 아무 항변도 하지 못했다. 팔지부장의 그 말처럼, 상대의 힘은 상식의 범주를 넘어서 있었다.

 "그래도 이건 너무하잖습니까?"

 삼지부장의 힘없는 말에 팔지부장이 좋은 어조로 그를 달랬다.

"우리가 살면서 너무한 일이 어디 이 일뿐이었나? 우리야 파라면 파고, 까라면 까야지. 그리고 이번 인사(人事)는 후계자가 된 대공자 쪽이 행사하는 일종의 권리야. 승자의 권리지."

무슨 뜻인지 알았기에 더 이상 노골적인 불만은 없었다. 더 이상의 불만 토로는 스스로의 자리를 위태롭게 할 뿐이었다.

몇몇 이들은 앞날에 대해 걱정했고, 또 몇몇 이들은 오히려 그녀가 대주가 되면 뭣도 모르기에 더 편해질 것이라 낙관론을 펼쳤다. 이런저런 이야기들이 오고 갔다.

적호는 그들의 대화를 들으며 말없이 서 있었다. 세상에 편한 일이 없다는 생각이 들었다.

현장의 무인들의 입장에선 대주니, 단주니 하는 사람들은 그저 탁상공론이나 하는 무능력한 겁쟁이로 볼 수도 있었다. 반대로 그들에게 십이귀병의 일은 그저 마음 편히 칼질만 하면 되는 일처럼 보일 수 있을 것이다. 서로의 입장이 이렇게 다르듯 세상의 모든 일이 그렇듯 겪어보지 않은 일은 모르는 법인 것이다.

그때 신영영의 수족인 조충이 앞장서 들어오며 말했다.

"대주님께서 도착하셨습니다."

눈빛만큼이나 도도한 발걸음으로 신영영이 그곳으로 들어섰다.

"반가워요, 이번에 대주로 부임한 신영영이에요."

"뵙게 돼서 반갑습니다."

모두들 정중히 인사했다. 불만은 불만이고, 현실은 현실인 것이다.

신영영이 지부장들을 한 번 둘러보았다.

"한 명이 없는 것 같네요."

때마침 사지부장이 황급히 뛰어들어 왔다.

"죄송합니다. 처리하던 지부 일이 늦어지는 바람에."

"잠시 이리로 나오세요."

사지부장이 긴장한 표정으로 신영영 앞으로 나섰다.

짝!

신영영이 사정없이 사지부장의 뺨을 때렸다. 사지부장은 물론이고 그곳에 있던 모두가 깜짝 놀랐다.

아무리 대주라고 해도 숙부뻘 되는 지부장의 뺨을, 고작 지각을 했다는 이유로, 그것도 공석에서 때린다는 것은 지금껏 없던 일이었다.

신영영에 대해 정확히 알고 있는 적호만은 전혀 놀라지 않았다. 그녀의 사나운 성정을 정확히 알고 있었기에 목을 베었다 해도 전혀 이상할 것이 없었다.

지부장들의 소리없는 동요를 신영영이 차가운 눈빛으로 제압했다.

모두들 불만스러웠지만 감히 나서서 따지는 사람은 없었다.

신영영이 차가운 어조로 사지부장에게 말했다.

"왜 맞았는지 아세요?"

당황하고 화난 마음을 애써 누르며 사지부장이 대답했다.

"모르겠습니다."

"늦어서가 아닙니다."

"그럼?"

"지부 일이 늦게 마쳐져 늦어졌다고 했죠?"

"그렇습니다."

"제가 부른 일은 지부 일이 아닌가요?"

"그건……."

신영영이 버럭 소리쳤다.

"정신 상태가 썩어빠진 겁니다! 내가 대주예요! 내가 곧 운송지원대입니다!"

그녀의 목소리가 쩌렁쩌렁 울려 퍼졌다.

"앞으로 어떤 일이 있어도 내 명령이 우선합니다. 알겠습니까?"

"네."

사지부장은 반항하지 못했다. 그건 이 자리의 다른 모두도 마찬가지였다. 옳고 그름을 따지기에 신영영의 배후는 너무 거대했다. 게다가 신영영은 그 힘을 적극적으로 이용하고 있었다. 개기려면 한마디로 목숨을 걸어야 하는 분위기였다.

신영영이 단상에서 내려와 일렬로 서 있는 그들 앞을 지나갔다. 그녀가 한 사람 한 사람 눈을 마주쳤다. 지랄 맞은 것은 사실이지만, 그만큼 강단이 센 것도 사실이었다.

모두들 그녀의 시선을 피했다. 적호 역시 고개를 푹 숙였다. 그녀는 그것이 두려움이라 생각하겠지만, 적어도 적호는 귀찮음을 피하기 위한 외면일 뿐이었다.

신영영이 잠시 발걸음을 멈춰 선 곳은 야공 앞이었다.

그녀는 야공에 대해 미리 알고 있었다. 야공이 그녀의 시선을 피하지 않고 마주 보았다. 그녀의 시선을 피하지 않은 유일한 사람이기도 했다.

그녀가 다시 걸음을 옮겨 반대쪽 문으로 걸어나갔다.

"해산입니다."

그렇게 신영영의 부임 첫날이 끝났다.

* * *

"야공이 찾아왔습니다."

다음날 오후, 조충의 보고에 신영영이 의외란 표정을 지었다.

"그가?"

"어떻게 할까요?"

"들어오라고 해."

조충이 나가고 잠시 후, 야공이 안으로 들어왔다.

"오오, 구지부장님 아니세요."

신영영이 모른 척 인사를 건넸다.
"저에 대해 알고 계시다는 것 알고 있습니다."
"일단 앉으시지요."
두 사람이 마주 앉았다.
"그래요, 전 구지부장님이 신비루주님이셨던 것을 알고 있죠."
"부끄러운 과거일 뿐입니다."
"운이 나빴겠죠. 한데 왜 저를 찾아오셨지요?"
야공은 주화인을 지지하던 인물이었다. 대공자와 혼인을 한 신영영과는 엄밀히 말하면 적이었다. 그래서 야공의 방문이 의아하면서도 흥미로웠다.
"한 번쯤 인사를 드려야 할 것 같았습니다."
"그뿐인가요?"
"다른 이유가 필요한가요?"
두 사람의 시선이 허공에서 얽혔다. 비단 눈빛에서 보여주는 음험함이 아니더라도, 분명 야공의 방문에는 어떤 의도가 있었다.
"필요없겠지요. 아무튼 뵙게 돼서 반가웠어요."
신영영이 정중히 축객령을 내렸다.
인사를 했으니 이만 물러가란 뜻이었는데, 물론 신영영의 본심은 아니었다. 그의 방문에서 신영영은 어떤 기회를 느꼈다.

하지만 자신은 조급할 것이 없었다. 언제나 목마른 사람이 우물을 파는 법이니까.

야공이 자신이 졌다는 표정으로 한발 물러났다.

"과연 호부(虎父)에 견자(犬子)는 없는 법이지요."

마음에도 없는 칭찬을 해준 후 야공이 넌지시 본론을 꺼냈다.

"사실 드릴 말씀이 있어 찾아뵜었습니다."

그제야 신영영의 입가에 만족스런 미소가 지어졌다.

"무슨 일이죠?"

"허심탄회하게 말씀드리겠습니다. 전 이대로 물러나고 싶지 않습니다. 재기하고 싶습니다."

"그런데요?"

"대주님께 충성을 바치겠습니다."

"지부장님이 아니더라도 제겐 수하가 많아요."

"그렇지 않다는 것, 알고 있습니다."

신영영의 약점이기도 했다. 그녀는 아직 기반이 없었다. 모든 더러운 일 처리를 맡아준 비룡 때문에 제대로 수하를 키우지 못한 탓이었다.

"좋아요. 말씀대로예요. 한데 지부장님을 어떻게 믿죠? 제가 누구와 혼인했는지 잊으셨나요?"

삼공녀를 지지하던 당신을 어떻게 믿느냐는 말이었다.

"삼공녀와는 이미 끝난 관계입니다."

"편해서 좋군요."

"정치권력이란 그런 것이지요. 필요할 땐 손을 잡고, 필요없을 때 이별하는 법이지요."

"그런 지저분한 말은 됐어요. 찾아온 진짜 이유나 말하세요."

"제 직책이 신비루주입니다. 아니, 였었지요."

"그래서요?"

"대주님과 대공자가 어떤 사이인지 알고 있습니다."

신영영의 표정이 확 찌푸려졌다.

야공이 재빨리 덧붙였다.

"비록 부부지간이지만 힘싸움을 하고 계시다는 것을요."

둘의 관계를 최대한 순화해서 표현한 것이다. 그 말에 신영영의 표정이 살짝 풀렸다.

야공이 넌지시 말했다.

"권력은 본디 나누는 것이 아니지요."

그의 결정적인 승부수는 바로 다음 말이었다.

"그에게 딸이 있다는 것도 알고 있습니다."

신영영이 흠칫 놀랐다.

"그 말은 삼공녀도 그 사실을 알고 있었단 말이군요?"

"그렇습니다."

"왜 그녀를 이용하지 않았죠?"

"이용하려 했습니다. 한데 결국 실패했죠."

"그런 이야기를 내게 해주는 이유는?"

"삼공녀에게 소운이란 패는 이미 버린 패입니다. 하지만 대주님께는 아주 귀한 패가 될 수 있죠."

"어떻게 돕겠다는 거죠?"

"소운을 대주님께 데려오겠습니다."

신영영이 흠칫 놀랐다. 설마 야공이 소운을 납치해 오겠다고 할 줄은 상상하지 못했던 것이다.

"상당한 고수들이 그녀를 지키고 있을 텐데요."

"전 물러났지만 십이귀병과 깊은 관계를 맺고 있습니다."

"그래서요?"

"아시다시피 그들은 불가능한 임무도 척척 해내는 최고의 실력을 지니고 있습니다. 그들이라면 쥐도 새도 모르게 소운을 빼내올 수 있습니다."

"그들이 일개 수송대 지부장 명령을 들을까요?"

그러자 야공이 희미하게 웃었다.

"물론 듣지 않겠죠. 대신 다른 방법을 써야지요."

"뭐죠?"

"돈 싫어하는 사람 봤습니까?"

"충성심이 강해 돈으로 매수가 안 된다면?"

야공이 고개를 내저으며 단호히 대답했다.

"그럴 리가요? 그럼 돈을 너무 적게 줬나 보지요."

그 말에 신영영이 피식 웃었다. 그 말에 전적으로 공감했다.

그녀의 삶에 있어서 돈과 권력으로 안 되는 것이 없었다. 졌을 때는 단 하나, 더 큰 권력에 밀리거나, 더 많은 돈에 밀렸을 뿐이다. 그게 바로 그녀가 봐온 삶의 논리이자 법칙이었다.

"대가는요?"

"제 자리를 되찾고 싶습니다."

"쉽진 않겠지만 불가능한 것도 아니군요."

신영영이 잠시 숙고하는 시늉을 했다. 그녀는 이미 결심을 굳힌 후였다. 최대한 빨리 소운을 없애려고 마음먹고 있던 그녀였다. 그런 상황에서 야공의 방문은 그야말로 하늘이 내려주신 기회였다. 그냥 덥석 무는 모습을 보이기 싫을 뿐이었다.

"좋아요. 야 루주님을 믿죠."

야공을 부르는 호칭이 루주로 바뀌었다.

"하지만 실패하면 전 이번 일을 전적으로 부인할 거예요. 이번 만남조차도. 무슨 말인지 아시겠죠?"

"알고 있습니다. 그건 당연한 일입니다."

"좋아요. 야 루주님을 믿어보죠."

"연락드리겠습니다."

야공이 나간 후. 그곳으로 조충이 들어왔다. 문밖으로 야공이 완전히 그곳을 떠났음을 확인한 후 그제야 입을 열었다.

"저자는 매우 음흉한 놈입니다."

"알고 있어."

"그가 일을 그르칠 수도 있습니다."

"어차피 우린 손해 볼 것이 없잖아."
"놈이 소운을 납치하면 어떻게 하실 겁니까?"
"죽일 거야. 직접."
"진심이십니까?"
"당연히."
"뒷감당을 어떻게 하시려고요."
"멍청이. 내 소행임이 밝혀지면 안 되지. 저자에게 뒤집어 씌울 거야. 놈은 결과적으로 남편 때문에 자리에서 밀려났어. 소운을 죽일 충분한 동기가 있지."

그제야 조충은 신영영의 계획을 이해했다. 그녀의 독심이 무섭다는 생각이 들었다.

꽈르릉!

때마침 멀리서 천둥소리가 들렸다. 그녀의 계획에 하늘이 노한 것 같아 조충이 몸을 떨었다.

신영영이 차갑게 웃으며 말했다.

"소운을 납치해 오면 곧바로 놈도 없앤다. 그렇게 준비하도록."

꽈르릉!

第七十五章
정사혈전

절대
강호

쏴아아아아아아!

시원하게 내리는 빗줄기를 주화인은 얼마나 오랫동안 쳐다보고 있었는지 몰랐다. 어떤 생각에 잠긴 것이 아니었다. 말 그대로 멍하니 그냥 비를 바라보고 있었다.

스르륵, 조용히 문이 열리고 누군가 들어오는 기척이 느껴졌다. 돌아보지 않아도 그 익숙한 기운이 누군지 알 수 있었다.

"소식이 왔습니다."

이단심의 나직한 보고에 주화인이 돌아보지 않고 말했다.

"어떻게 되었지?"

"맹주님께서 약속 장소에 도착하셨답니다."
"곧 만나겠군."
"네."
주화인의 입에서 가벼운 탄식이 흘러나왔다.
이단심이 조심스럽게 물었다.
"그것이 무엇이었습니까?"
"사부님의 과거. 잊고 싶은 과거지만 결국 잊지 못한 과거… 그래서 사부님의 유일한 약점… 그래서 사부님을 죽일 수 있는 칼."
"……!"
죽음이 언급되자 이단심이 몸을 부르르 떨었다.
'그걸 사악련에 보내신 겁니까?'
이단심은 차마 묻지 못했다. 주화인의 입에서 어떤 말이 나올지 두려웠다.
돌아선 주화인의 몽롱한 눈빛에는 이단심이 느끼는 두려움과는 전혀 다른 감정이 떠올라 있었다.
꽈르르릉!
천둥소리가 그날의 그것과 겹쳐졌다.

쏴아아아아!
쏟아지는 빗속, 뇌성이 하늘을 가르자 어둠 속에 서 있는 사내의 모습이 드러났다.

쏟아지는 빗속에 선 중년 사내는 바로 이십여 년 전의 천아성이었다.

천아성 앞에 하나의 무덤이 있었다.

천아성의 눈에서 눈물이 흘러내렸다. 끝없이 내리는 빗물처럼 눈물은 멈추지 않았다.

그가 신군맹주가 된 지 십 년이 지난 해였다. 무신이란 이름과 무덤 앞에서 서럽게 울고 있는 사내는 서로 어울리지 않았다.

"당신을 그리워하며 오직 무공에만 빠져 살았소."

천아성의 목소리에 물기가 가득했다. 참기 힘든 격정을 그는 안간힘을 다해 참아내고 있었다.

그의 눈에서 흐르는 그것은 진정 사랑했던 여인의 무덤 앞에서만 보일 수 있는 진실한 눈물이었다. 애절한 눈물이었고 아픈 눈물이었다. 그가 정치와 권력에 관심을 끊고 오직 무공 수련에만 집중했던 이유가 밝혀지는 순간이기도 했다.

그는 평생 단 한 여인만을 사랑했다. 강호인들은 그에게 여인이 있다는 사실을 알지 못했다. 혹시 그녀가 위험에 처할까 봐 아무에게도 알리지 않았기 때문이었다.

하지만 그 여인은 일찍이 병으로 죽고 말았다. 신군맹주가 되기 이 년 전의 일이었다. 이후 천아성은 그녀를 잊지 못했고, 오직 그녀만을 그리워하며 살았다.

"하지만……."

천아성의 눈동자가 흔들렸다.

"이젠 당신을 잊으려 하오."

꽈르르릉! 번쩍!

천아성이 무덤에 무릎을 꿇고 앉았다.

"지난 십이 년간 당신을 잊지 않으려 애썼지만, 앞으로의 삶은 당신을 잊기 위한 삶이 될 거요. 부디 나를 용서해 주시구려."

언제나 그녀만을 추억하며 살아왔다. 기쁠 때도 있었고, 슬플 때도 있었다. 괴롭기도 했고, 그녀를 잊지 않는 자신이 자랑스럽기도 했다. 그리고 십이 년이 지난 오늘 천아성은 불쑥 깨달았다. 이제 그녀를 보내줘야 할 때가 되었다는 것을.

천아성이 한숨을 내쉬었다. 지난 모든 회한이 모두 담겨 있는 그런 무겁고도 긴 한숨이었다.

"우리… 다음 생애에서 다시 만납시다."

천아성이 품에서 꺼낸 무엇인가를 묘비에 걸었다.

그리고 자리에서 일어나 천천히 돌아섰다. 다시는 찾지 않을 것이란 각오가 담긴 발걸음으로 걸어갔다. 정말 천아성은 돌아보지 않았다.

그 모습을 아주 멀리서 지켜보는 사람이 있었다.

비에 젖어 입술이 파랗게 질린 어린 소녀, 그녀는 바로 주화인이었다.

쫘르르르릉!

주화인이 다시 현실로 돌아왔다.

"사부님은 알지 못하시지. 내가 그 모습을 지켜보고 있었다는 것을 결코 모르시지."

"그분은 누구십니까?"

"맹주님이 유일하게 사랑하신 분."

쏴아아아아!

"맹주님은 그분을 잊으신 겁니까?"

"잊으셨지. 그리고 동시에… 잊지 못하셨지."

"무슨 말씀이십니까?"

"누군가를 잊으려 애쓰는 것도 결국 그리움의 다른 모습이거든. 사부님은 또 다른 방식으로 그분을 그리워하신 거지. 그리고 난……."

쫘르릉!

"…그분의 유품을 훔쳤어."

이단심은 차라리 천둥소리에, 빗소리에 그 말을 듣지 못했으면 좋겠다고 생각했다.

한없이 깊어진 눈빛으로 주화인이 고개를 돌렸다.

"이제 알겠지? 내가 어떤 짓을 저질렀는지?"

그녀가 무섭다는 생각이 들었다. 이 상황이 무섭다는 생각이 들었다. 그리고… 주화인 역시도 마찬가지로 무서울 것이란 생각이 들었다.

문득 오래전 그날, 자신이 울고 있던 그때가 떠올랐다. 자신을 향해 다가와 웃으며 말을 걸어주던 주화인의 모습도.

주화인은 결코 해서는 안 될 일을 저질렀다.

하지만 그렇다고 어쩔 것인가? 이미 자신은 그녀에게 자신의 모든 것을 바치기로 맹세했는데.

자신은 하나의 은혜를 받으면 열 개를 갚고도 모자라다고 생각하는, 그런 사람인데.

두려움이 가라앉자 이단심은 오히려 담담해졌다.

"저승길은 제가 앞장서 열겠습니다."

주화인이 미소를 지으며 창밖을 쳐다보았다.

'그런 순간까지 너를 부려먹진 않을 것이다.'

쏴아아아아아!

* * *

"오셨소?"

능풍비는 약속한 산 정상에서 기다리고 있었다.

예전에 만났을 때 말했던 것처럼 술도 준비해 두었다.

"오래 기다리셨소?"

"하하, 아닙니다."

구름이 아래로 보이는 산 정상에 너른 공간이 있었고 사방으로 만장절벽이 펼쳐져 있었다. 한옆의 오래된 노송 아래에서 신선들이 수담을 나눌 것 같은 그곳은 두 사람의 비무 장소로 최고라 할 만했다.

강호에서 가장 강하다고 알려진 두 강자의 두 번째 만남이었다.

만약 강호인들이 알았다면 두 사람의 싸움구경에 목숨을 걸어야 한다는 것을 안다 하더라도, 산 전체가 인산인해를 이루었을 것이다.

천아성이 경치를 살피듯 주위를 한 번 둘러보았다. 주위에 그 어떤 다른 매복의 기운은 느껴지지 않았다.

순수하게 승부를 겨루려고 혼자 나올 줄은 몰랐다. 능풍비에 대한 호감이 커졌다. 사파를 이끄는 일대종사란 생각이 든 것이다.

"한잔하십시다."

능풍비가 내민 술을 천아성이 아무 의심 없이 마셨다.

"맛이 어떠시오?"

"좋구려."

과연 술에도 독은 들어 있지 않았다.

"우리 군사가 그러더군요. 술에 독이라도 타야 한다고. 그래도 못 이길 거라고."

"하하하, 귀련의 군사가 괜한 엄살을 부린 것이지요."

"그 사람이 본래 대표적인 천 맹주의 신봉잡니다."

"하하하."

그 말이 웃겨 천아성이 사심없이 크게 웃었다. 이렇게 적이 아니라 친우로 만났다면 제법 이야기가 통했을 것 같은 사람이었다. 물론 천아성은 상대의 본성에 대해서도 잘 알고 있었다.

상대는 만악의 근원인 사악련의 수장이었다.

웃는다고 어찌 저 웃음이 진짜 웃음이겠는가? 그 뒤에 더없이 차갑고 잔혹한 칼이 숨겨져 있다는 것을. 그에 대한 호감은 천아성이 너무나 강하기에 가능한 감정이었다.

"한데 오늘 이렇게 나선 것은 혹시 이 불쌍한 늙은이를 벌주려고 그러시는 거요?"

"무슨 뜻인지 모르겠소."

"그 아이 말이오."

그제야 천아성이 능풍비의 말을 이해했다. 적호를 죽인 것 때문에 그 복수를 하러 온 것이 아니냐는 뜻이었다. 적호의 무공 실력을 생각하면 충분히 그런 생각을 할 수 있겠다는 생각이 들었다. 아마도 능풍비는 자신이 적호를 키웠다고 생각하고 있을 수도 있었다.

천아성이 허허로운 웃음을 지으며 말했다.

"어차피 지나간 일이 아니오. 이미 간 사람을 그리워해서 뭐하겠소?"

그러면서 하늘을 올려다보았다. 천아성이 떠올린 것은 다른 사람이지만, 마치 적호를 추억하는 것처럼 보였다.

"아니시라면 다행이오만."

능풍비가 조심스럽게 천아성의 기도를 살폈다.

예전 처음 봤을 때의 그 느낌 그대로였다. 천아성의 기도가 확실하게 느껴지지 않았다. 이길 것 같기도 하고 질 것 같기도 했다.

만약 종리문이 그토록 천아성이 자신보다 한 수 위라고 노래를 불러대지 않았다면, 어쩌면 이길 수 있겠다는 생각을 했을 것 같았다.

모른다는 것은 확실히 위험한 일이지만, 그렇다고 패배를 의미하는 것은 아니었으니까. 그의 무공이 자신과 완전히 달라서 그럴 수도 있으니까. 상대도 자신을 확실히 파악하지 못하고 있을 수도 있으니까.

"한잔하시지요."

이번에는 천아성이 술을 따라주었다.

또로롱!

술잔에 술을 받는 순간.

어마어마한 압력이 느껴졌다. 술에 내공을 실어 따르는 것이다.

'후읍!'

절로 헛바람이 새어 나올 정도의 압력이었다. 술은 졸졸졸 내려오고 있었지만 그것은 어마어마한 폭포수가 한 점으로 일시에 쏟아지는 것과 다르지 않았다.

물론 능풍비는 실제로 헛바람을 내뱉지도 놀람을 표내지도 않았다. 어마어마한 압력이 밀려들고 있음에도 술잔은 깨어지지 않고 있었다. 능풍비의 내력이 술잔을 감싸며 술에 담긴 내력에 저항하고 있었던 것이다.
　이윽고 술이 다 따라졌다.
　아무 일도 없었다는 듯 능풍비가 술잔을 비웠다.
　"캬, 술맛이 좋구려."
　다음 순간.
　찌이익!
　술잔에 작은 선이 그어졌다. 대각선으로 길게 금이 간 것이다.
　그 순간 능풍비는 깨달았다.
　'나보다 강하다!'
　그것이 일초식이든 일초 반식이든, 천아성은 자신보다 강한 것이다. 강하다는 것을 알기에 이렇게 겁도 없이 단신으로 자신을 찾아온 것이다.
　'건방진!'
　만약 무신 천아성이 아니었다면, 정말 화가 났을 것이다.
　하지만 능풍비는 분노 대신 미소를 지었다. 마음으로 천아성의 실력을 인정하고 받아들인 것이다.
　"살다 보면 싫어도 해야 할 일들이 있다지만 천 맹주와 손속을 나누는 일만큼 싫은 일이 있겠소이까?"

"막상 나눠보시면 그렇게 대단하지 않다는 것을 알게 되실 거요."

"그럴 리가요! 하긴 이 늙고 쓸모없어진 본인의 몸뚱어리에 실망은 하겠구려."

능풍비의 겸손에 천아성은 말없이 자신의 잔을 비웠다.

가슴을 스치는 서늘한 바람과는 달리 능풍비의 눈빛은 여전히 부드러웠다.

"천 맹주에게도 싫은 일이 있으시오?"

"물론 저도 있지요."

"그게 무엇이오?"

"이번에 후계를 정하는 일이 그랬지요."

망설이지 않는 대답이었다. 미리 준비한 답이 아니라면 진심인 듯 보였다.

"그래도 결국은 잘해내지 않으셨습니까?"

"무슨 뜻이오?"

"우린 후계자가 삼공녀 쪽이 되길 바랐지요. 천 맹주께선 우리의 간절한 바람을 저버리셨소이다."

"그러셨습니까? 그렇다면 다행이구려. 하하하."

두 사람이 호탕하게 웃었다. 생각보다 분위기는 좋게 흘러갔다.

"련주께선 생각해 둔 후사가 있으시오?"

"아직 쓸 만한 녀석이 보이지가 않는구려."

"그래서 걱정이오."

"무슨 말씀이신지?"

"나는 물러가는데 능 련주는 그 자리에 계속 있을 것 아니오?"

순간 두 사람 사이에 차가운 기운이 감돌았다. 농담으로 받아넘기기에는 천아성의 표정이 너무나 진지하고 심각했다.

능풍비의 눈이 가늘어지며 메마른 목소리가 흘러나왔다.

"그래서 이렇게 찾아오신 거요? 팔이라도 하나 잘라내고 가시려고."

"애들하고 균형을 맞추려면… 팔 하나로 되겠소이까?"

두 사람 사이에 서늘한 기운은 이제 한기로 바뀌고 있었다.

"다 잘라내고 련주의 팔 하나만 남겨도 걱정이 될 것 같소만. 그 남은 팔 하나가 달려들어 우리 애 목을 조를 것 같소이다."

농담이 분명한 그 말에도 진심이 묻어나고 있었다.

"과분한 평가시오."

"그럼 한번 확인해 봅시다."

천아성이 들고 있던 잔을 마저 비운 후 자리에서 일어났다. 천아성은 무방비로 등을 돌린 채 걸음을 옮겼고 그런 그를 능풍비는 말없이 응시했다.

천아성에게서 그 어떤 허점도 느껴지지 않았다. 뒤에도 눈이 달린 뛰어난 감각 때문도, 검강도 파고들 수 없을 호신강기 때문도 아니었다. 자신감에서 오는 완벽함도 아니었다. 그냥 천아성은 그 자체로 완성되어 있었다.

십여 걸음 떨어진 곳에서 천아성이 돌아섰다.

이미 능풍비의 표정도 진지하게 바뀌어 있었다. 능풍비가 싸늘한 눈빛을 발하며 검을 뽑았다.

스르릉!

"당신의 그 자신감이 싫소."

한순간 주위의 기도가 완전히 바뀌었다. 그의 주변으로 보이지 않는 일진광풍(一陣狂風)이 휘몰아쳤다.

휘이이이잉—

능풍비의 기도는 태풍의 그것과 닮아 있었다. 격렬하고 강력했다. 사방에서 바람이 불어오는 기분이었다. 눈을 뜰 수조차 없는 바람이 사방에서 불어닥쳤다. 칼날보다 시린 바람이 그의 기도였다.

스르릉!

천아성이 검을 뽑아 들었다.

순식간에 천아성 주위의 기운이 바뀌었다. 능풍비의 바람에 맞서는 천아성의 기도는 물이었다. 거대한 바다 위에 천아성이 홀로 떠 있었다.

쏴아아아아—

천아성의 바다와 능풍비의 바람이 충돌했다.

바람을 맞은 바다는 성을 냈고 화를 토해냈다. 바람에 파도가 높아지며 거대한 해일로 바뀌고 있었다. 바람은 바다를 더욱 강하고 거대하게 만들었다.

능풍비의 기도가 다시 바뀌었다.

바람처럼 불어닥치던 그의 기도가 이번에는 불이 되었다.

물을 상대하는 불이었다. 범인은 이해할 수 없는 대처였다. 거대한 불길이 능풍비의 주위를 불태웠다.

화르르르륵—

시뻘건 화마가 바다를 덮쳤다.

물은 불을 끌 수 있지만, 능풍비의 불은 물조차 끌 수 없는 거대한 불길이었다. 마치 기름이 뿌려진 것처럼, 바다가 맹렬하게 타오르기 시작했다.

불을 끌 수 없는 물은 이미 패배한 것이다.

다시 천아성의 기도가 바뀌었다.

휘이이이이잉—

바람이 불기 시작했다. 처음 능풍비가 보여준 바람과는 그 성격이 달랐다. 능풍비의 바람이 칼날처럼 날카로운 모든 것을 찢어버리는 그런 바람이었다면, 천아성의 바람은 묵직하게 밀어붙이는 바람이었다.

바람은 불을 끄려고 하지 않았다.

대신 뒤로 밀어붙였다. 불은 꺼지지 않았지만 계속 뒤로 밀려 나갔다.

다시 능풍비의 기도가 바뀌었다.

불길이 사라지고 그는 거대한 바위가 되었다. 강철처럼 단단한 바위였다. 땅속 수백 장 깊이까지 뿌리박힌 그런 바위였다.

바람은 바위를 밀어내지 못했다.

천아성의 얼굴에 미소가 스쳤다. 강적을 만났을 때의 기쁨이었다. 정말 그를 만나러 온 것이 너무나 잘한 일이란 생각이 들었다.

무인으로 살아가면서 적수(敵手)를 만난다는 것은 기쁨이었다.

대부분의 무인들은 약한 사람을 죽이거나, 강한 사람에게 죽임을 당한다. 적수와 원없이 싸워볼 기회를 가지는 무인은 많지 않다. 그런 상대를 만난다는 것은 행운이다.

두 사람의 기 싸움이 극에 달했다.

흙먼지가 일며 나무가 뽑혀 나갔다. 바위가 부서져 가루가 되어 날아갔다.

그리고 먼저 움직인 쪽은 능풍비였다.

능풍비가 쇄도하자 천아성도 마중 나오듯 몸을 날렸다.

따앙!

중간 지점에서 두 사람이 한 차례 격돌했다.

검과 검이 맞부딪친 단 한 수였다.

두 사람은 원래의 자리로 되돌아가 있었다.

능풍비가 늘어뜨린 자신의 검을 내려다보았다.

징—

아직까지 검이 떨리고 있었다.

천아성의 검 역시 마찬가지로 진동하고 있었다.

두 사람이 잠시 자신과 서로의 검을 번갈아 응시했다.

진동이 먼저 멎은 쪽은 천아성이었다. 잠시 후, 능풍비의 검이 떨림을 멈췄다.

능풍비의 눈빛이 깊어졌다. 단순한 하나의 현상이지만, 의미심장한 결과이기도 했다.

'역시 밀리는군.'

보통 고수들이라면 검이 어떻게 부딪쳤는지에 따라 달라질 결과였다. 하지만 천하제일의 두 사람에게 있어서 이 현상은 검이 얼마나 빨리 진정하는가에 대한 것이었다. 쉽게 말해 방금 전의 울림이 아픔을 호소한 것이라면, 천아성의 검이 한발 먼저 울음을 그친 것이라 볼 수 있었다.

"대단하시오."

능풍비가 진심으로 감동했다.

"별말씀을."

천아성은 자만하지 않았다. 자신이 파악하는 능풍비의 실력은 분명 자신보다 한 단계 밑이었다. 하지만 그 한 단계는 단계란 표현을 쓰기에 미안할 정도로 미세한 차이였다.

경우에 따라선 한 초식이 될 수도 있고, 한 줌의 내력이 될 수도 있으며, 찰나의 순간이 될 수도 있었다. 역으로 말하면 조금만 방심하면 자신이 당할 수도 있다는 뜻이었다.

물론 이 싸움 내내 방심하지 않을 것이고, 그렇기에 반드시 이길 것이다.

문제는 그를 뜻한 바대로 처리할 수 있느냐다.

자신이 사악련주와 무공을 겨루고 싶은 개인적인 열망 때문에 이곳을 찾은 것이 아니었다. 물론 그런 마음도 있다. 하지만 주된 목적은 다른 곳에 있었다.

일단 그를 죽이진 않을 것이다. 그를 죽였다간 정사대전이 발발할 것이다. 전쟁의 승패를 떠나 많은 사람들이 죽게 될 것이다. 그건 천아성이 바라는 바가 아니었다.

이번 싸움의 목표는 하나였다. 그에게 내상을 입힐 작정이었다. 겉으론 표가 나지 않아 지금까지처럼 사악련을 이끌어 갈 수 있겠지만 족히 십 년은 남몰래 정양해야만 되는 그런 내상을 입힐 것이다. 그래서 정사대전 따윈 꿈도 꾸지 못하게 만들 작정이었다.

십 년의 세월이면 백무성은 능히 그를 상대할 힘과 무공을 갖출 수 있을 것이다.

그리고 그동안 자신은 한 걸음 물러나 쉴 생각이었다.

이것이 신군맹을 위한, 백무성을 위한, 그리고 자신을 위한 결심이었다. 이번 비무행을 나선 가장 큰 이유기도 했다.

하지만 능풍비의 무공이 워낙 고강해서 자신이 뜻한 바를 이룰 수 있을지 장담할 수 없었다.

이번에는 천아성이 먼저 몸을 날렸다.

번쩍! 하는 순간 천아성은 능풍비의 코앞에서 검을 내지르고 있었다.

동시에 능풍비의 검도 벼락처럼 빠르게 허공을 갈랐다.

두 자루의 검이 서로의 귓가에 멈춰 있었다. 두 사람 모두 서로의 검을 한 치 간격으로 피해낸 것이다.

마치 약속이라도 한 듯.

쐐애애애애애액!

두 사람의 검이 수직으로 허공을 갈랐다. 이번 역시 검은 허공을 갈랐다.

누군가 두 사람의 싸움을 본다면 오히려 하품을 하며 지루해할 수도 있었다. 두 사람의 움직임이 워낙 빨라, 그저 뚝뚝 끊어지는 그림을 이어보는 기분이 들 것이기 때문이었다.

하지만 두 사람의 한 수, 한 수에는 그들의 평생 공력이 들어가 있었고 무공의 극의가 담겨 있었다.

천아성이 허공으로 날아오르자 능풍비가 그 뒤를 따라 올랐다.

구름처럼 바람처럼 두 사람이 허공에 떠 있었다. 겉으로 봐선 평온해 보였지만 엄청난 내력이 소모되고 있었다. 물 아래서 발을 쉬지 않는 백조의 우아함이었다.

징—

천아성의 검에 새하얀 검강이 서렸다.

동시에 능풍비의 검에도 검강이 서렸다. 그의 검강은 붉은

색이었다.

서로를 향해 동시에 미소 짓던 그 순간!

쇄애애애애애액!

붉고 하얀 두 개의 검강이 허공을 찢어발겼다.

콰아앙!

엄청난 폭음이 터져 나왔다.

두 사람이 충격에 밀려 뒤로 튕겨져 날아갔다.

천아성이 굳이 하늘로 날아오른 것은 내공을 자랑하기 위함이 아니었다. 아래에서 내력싸움을 벌였다간 그곳이 무너져 내릴 수 있었기 때문이었다. 그러기에는 그곳의 운치와 주위의 풍경이 너무나 아름다웠다.

쇄애애애애액!

이번에 선공을 펼친 것은 능풍비였다. 핏빛 강기가 야수처럼 천아성을 덮쳤다.

천아성이 왼쪽 주먹을 내질렀다. 천아성의 주먹에서 권풍이 휘몰아쳐 날아갔다.

콰아아아아악!

강기가 권풍에 찢어지며 사방으로 흩어졌다.

그 어떤 말주변 좋은 호사가(好事家)도 그대로 전했다간 술 한잔 얻어먹을 수 없을 광경이었다.

하지만 분명 권풍이 강기를 찢었다.

능풍비는 조금도 자존심이 상해하지 않았다. 이미 그는 이

싸움에 완전히 몰입하고 있었다. 그의 본능은 훌륭했다. 그를 이 싸움에 완전히 끌어들이지 않았다면, 다음에 날아온 천아성의 공격을 결코 막지 못했을 것이다.

쉥!

조금만 더 멀었어도 들리지도 않을 소리였다.

패애애앵!

벼락처럼 빠르게 능풍비의 고개가 돌아갔다.

주르르륵.

능풍비의 왼쪽 볼에서 피가 흘러내리고 있었다.

천아성의 손가락이 능풍비를 가리키고 있었다. 방금 전 권풍을 뿜어냈던 그 주먹에서 검지만이 펼쳐져 자신을 향하고 있었다.

그 손가락 끝에서 날아든 것은 지풍이었다.

검기보다 빠르고 검강보다 강력한 지풍이었다.

방금 전 조금만 방심을 했거나 다른 생각을 했다면 분명 왼쪽 얼굴에 구멍이 났을 것이다.

"쌍!"

능풍비가 지금까지와는 어울리지 않는 한마디 욕설을 내뱉었다.

능풍비가 검을 회수했다. 그리고는 자신의 숨겨둔 가장 위험한 수법인 적신강림(赤神降臨)을 펼쳐 내기 시작했다.

그의 두 눈에서 붉은 광채가 흘러나왔고 몸 뒤로 붉은 아지랑이가 피어올랐다. 지금까지 보여준 것과는 완전 다른 기운이, 마치 악마가 강림하는 순간의 그것처럼 기괴하게 펼쳐지고 있었다.

상대가 펼쳐 내려는 것이 범상치 않음에 천아성은 긴장했고, 동시에 흥분했다. 그 변화를 끝까지 지켜보는 것은 자신감이 아니라 기대감이었다. 상대의 내력과 기도가 괴물처럼 커짐을 느꼈다.

쇄애애애액!

마치 폭죽이 쏘아지듯, 능풍비가 천아성을 향해 쇄도했다.

권풍도, 검강도, 지풍도 마음껏 날려보란 그런 태도였다. 돌멩이를 집어 던지듯 그냥 날아들었다.

순식간에 코앞까지 날아올 때까지 천아성은 그저 무방비 상태로 허공에 떠 있었다.

능풍비의 붉게 일렁이는 손이 천아성의 머리를 내리쳤다.

천아성이 검을 내질렀다.

까앙!

천아성의 검이 능풍비의 손에 잡혔다. 당연히 베어져야 할 능풍비의 손은 건재했다. 마치 적어도 이 순간만은 금강불괴(金剛不壞)가 된 듯힌 모습이었다.

콰아아악!

검을 쥔 손에 힘이 들어갔다.

부서졌어야 할 검 역시 부서지지 않고 있었다.

어마어마한 내력이 천아성의 검을 통해 충돌하고 있었다.

앞서 자신보다 한 수 아래의 내공이라 생각했던 능풍비의 내공이 점점 더 강해지고 있었다.

더 이상 버틸 수 없겠다란 생각이 들던 그 순간.

깡!

검이 반으로 부러졌다.

쫘아아앙!

다음 순간, 수십 개로 조각난 검이 사방으로 터져 나갔다. 어마어마한 내공이 실린 검 조각은 그 자체로도 세상에서 가장 위험한 암기였다.

핏! 피잇! 핏!

검 조각이 두 사람의 호신강기를 찢으며 서로의 몸을 찢고 지나갔다.

하지만 두 사람은 그것을 피할 여유가 없었다.

검이 부러지는 그 순간, 능풍비가 벼락처럼 빠르게 천아성에게 달려들었고, 검이 폭발했을 때는 두 사람은 서로에게 무시무시한 주먹을 날리고 있었던 것이다.

파파파파파팍!

엄청난 주먹질이 오고 갔다. 난타전이었다. 눈에 보이지도 않을 정도의 속도로 주먹과 발길질이 오고 갔다.

그 와중에 능풍비의 붉은 기운이 조금씩 옅어지고 있었다.

적신강림은 내공을 한꺼번에 증폭시키는 무공이었다. 그 중

폭된 순간이 지속될 때 상대를 제압해야 했다. 그러지 못하면 승패는 불을 보듯 뻔했다.

 하지만 천아성은 밀릴 듯 밀릴 듯하면서도 밀리지 않았다.

 능풍비는 깨달았다. 두 사람의 실력 차이는 단 일 초식의 차이일 수도 있었지만, 그건 영원히 이길 수 없는 실력 차이일 수도 있다는 것을.

 그렇기에 준비한 진정한 한 수.

 오늘의 싸움은 오직 이 순간을 위해 준비된 것이었다.

 찌이이익!

 능풍비의 상의가 찢겨 나갔다. 두 사람의 격렬한 공방 때문이었지만 거기에는 능풍비의 의도가 담겨 있었다.

 그리고 다음 순간! 천아성이 두 눈을 부릅떴다.

 투둑!

 천아성이 능풍비의 가슴에서 무엇인가를 뜯어냈다. 그것은 바로 능풍비가 목에 걸고 있던 목걸이였다.

 "이게 왜?"

 목걸이를 든 천아성의 손이 시커멓게 변하고 있었다. 만독이 통하지 않는 그를 중독시킨 엄청난 위력의 그 독은 바로 사아련이 아끼고 아낀 천사독이었다. 천사독은 목걸이에 묻어 있었고 피부로 곧장 흡수되었다. 그런 치명적인 독에 중독되었음에도 여전히 천아성은 목걸이를 내려다보고 있었다.

 "이게 왜?"

다시 한 번 그 말을 하며 고개를 들었을 때.

허공에 뜬 능풍비의 온몸은 지금까지와는 비교할 수 없을 정도로 붉어진 채로 또 다른 한 수를 펼쳐 내고 있었다. 가장 강력한 초식 적신난무(赤神亂舞)였다.

파파파파파파파파파파팍!

수십 개의 주먹이 천아성을 향해 쏟아졌다.

그 위력은 상상을 초월하는 것이었다. 어마어마한 힘이 천아성에게 쏟아졌다.

만약 천사독에 중독되지 않았다면, 놀라고 당황해 제 역할을 하고 있지 않은 호신강기가 제 역할을 했더라면. 분명 그 한 수도 피하거나 막아냈을 것이다.

하지만 지금의 천아성에게 이 준비된 한 수는 치명적이었다.

퍽퍽퍽퍽퍽퍽퍽퍽퍽퍽!

주먹이 연속해서 천아성의 몸에 적중했다. 그냥 주먹이 아니었다. 그 한 방, 한 방이 강호의 초절정고수를 피떡으로 만드는 그런 주먹이었다.

그것이 연속해서 천아성에게 쏟아졌다.

"쿠에에엑!"

뼈가 부러지고 기혈이 뒤틀린 천아성의 입에서 핏물이 터져 나왔다.

콰르르르르릉!

산 정상이 무너져 내렸다. 만장절벽 아래로 무너져 내리는 잔해들과 함께 천아성도 실 끊어진 연처럼 떨어져 내렸다.

쿠웅!

능풍비가 무너지지 않은 반대쪽 땅으로 내려섰다. 모든 내력을 다 쏟아낸 그는 창백한 얼굴이었다. 그는 손가락 하나 까딱할 수 없는 상태였다.

그곳으로 고수의 호위를 받으며 종리문이 모습을 드러냈다.

"련주님!"

달려온 종리문의 어깨에 능풍비가 기대섰다.

"그를 즉사시키지 못했어."

느낌이란 것이 있다. 천아성은 분명 죽지 않았다.

종리문이 그를 든든하게 부축하며 말했다.

"이 정도면 충분합니다. 뒷일은 제게 맡겨주십시오."

*   *   *

"백번 죽어도 싼 놈들입니다."

시체를 처리하던 연이 불쑥 말했다.

치이이이익.

녹아내리는 시체에서 고약한 냄새가 났다. 거친 임무 속에서도 빈틈없는 일 처리를 해내는 연이지만 그녀는 여인이었다. 오늘 제거한 자들처럼 부녀자들을 겁탈하고 살해하는 자들은 유독 더 미워했다.

적호는 벽의 족자에 박힌 비수를 쳐다보고 있었다. 방 안의 세 놈을 처리하기 위해 날렸던 비수 중 하나였다.

"왜 그러세요?"

연의 물음에 적호가 비수를 응시하며 대답했다.

"왠지 예감이 좋지 않아."

연의 표정이 조금 심각해졌다. 적호의 예감은 언제나 틀린 적이 없었다.

치이이이익.

마지막 시체까지 마무리를 하고 연이 일어났다.

그때까지 적호는 벽을 쳐다보고 있었는데 족자를 보는 것인지, 비수를 보는 것인지 알 수 없었다.

빗나간 비수였다. 손에서 미끄러지듯 빠져나간 놈이었다. 폭풍십이비를 연마한 이후 한 번도 없던 일이었다.

무공이 상승하면서 폭풍십이비 역시 한 단계 상승했다. 이제 백 보 거리에서도 열두 자루의 비수를 원하는 곳에, 그것도 동시에 박아 넣을 수 있을 실력이었다.

어지간한 상대는 비수만으로도 해결할 수 있게 된 것이다. 특히 적호는 내력을 쓰지 않고 사용하는 연습에 몰두했다. 애초에 내력을 아끼기 위해서나, 혹은 내력이 고갈되었을 때 사용하기 위해 배운 무공이기 때문이었다.

계속된 수련으로 이제는 거의 완벽하게 비수를 사용했다.

그리고 조금 전 날린 비수는 고작 세 자루였다. 그것도 코앞에 있는 놈들을 제거하기 위해 날린 것이었다.

그중 한 자루가 빗나간 것이다.

물론 실수였다. 해서는 안 될 실수라기보단, 이해할 수 없는 실수였다.

그리고 날아가 박힌 비수는 벽의 족자에 박혔는데, 하필이면 천(天) 자에 박힌 것이다.

적호가 박혀 있던 비수를 뽑았다. 그냥 우연일 뿐이라고 애써 불길한 예감을 지웠다.

"납치된 여인들 중에 생존자들이 있습니다. 놈들이 기루에 팔아넘겼는데 지금쯤 다 구조되었을 겁니다."

"다행이군."

변함없는 나날이었다. 임무는 계속 내려왔고 죽여야 할 악인들은 계속 등장했다. 가끔 그런 생각이 들 때가 있었다. 악인 하나가 죽으면 줄을 서 있던 또 다른 악인이 그 자리를 채우러 들어오는 것이 아닐까 하고. 그래서 악인들의 숫자가 항상 일정하게 유지가 되는 것이라고. 그렇지 않고서야 강호에 악당 놈들이 이렇게 많을 수가 없다. 이놈들은 죽여도 죽여도 끝이 없다.

뒤처리를 완전히 끝내고 두 사람이 밖으로 나왔다.

연이 활짝 웃으며 하늘을 올려다보았다.

"비가 그쳤네요."

아침 내내 내리던 비는 그쳐 있었다.
"이제 추워질 것 같아요."
늦가을의 차가운 공기가 겨울이 성큼 다가섰음을 느끼게 했다.
적호는 그 차가운 공기를 기분 좋게 들이마시며 물었다.
"다음 임무는 뭐지?"

第七十六章

오엽지망

절대
강호

"사악련의 천라지망이 펼쳐졌습니다."

제갈수연의 보고에 모두의 시선이 집중되었다.

엄백양이 빠르게 물었다.

"어느 쪽 애들이지?"

"칠귀단입니다."

엄백양이 고개를 끄덕였다. 대부분의 천라지망은 사악련의 칠귀단이 펼쳤다. 그 벌 떼 같은 숫자도 숫자지만, 원체 훈련이 잘된 놈들이라서 천라지망이 펼쳐지면 일반 무인들은 절대 빠져나갈 수 없었다.

"목표는 누구지?"

"거기까진 밝혀지지 않았습니다."

일반적으로 두 가지 경우 중 하나였다. 첫째는 신군맹 쪽에서 잠입한 무인이 정체가 드러났을 경우였다. 두 번째는 그들 자체적인 문제였다. 조직을 배신한 사악련 무인들은 어떻게든 신군맹의 영역으로 탈출하려는 것이 대부분이었다.

"계속 보고하라고 해."

"알겠습니다."

제갈수연이 명령서를 작성해서 기관에 넣었다.

엄백양이 자리에 앉았다.

그때 뒤에서 들려오는 말소리.

"거긴 제 자립니다."

돌아보니 홍사백이 웃으며 서 있었다.

"아, 그렇지."

자신의 뒤를 이어 부각주가 된 홍사백이었다. 엄백양은 자꾸 자신의 집무실 대신 원래 자신이 앉던 자리에 앉았다.

"그리우십니까, 부각주 시절이?"

홍사백이 놀리듯 말하자 엄백양이 가볍게 한숨을 내쉬며 말했다.

"네가 얼마나 좋은 자리에 있는지 지금은 모를 것이다."

"뭐 짐작은 갑니다."

각주와 부각주는 한 끗 차이지만, 해야 할 일이나 책임감은 천지 차이였다. 어차피 농땡이들의 집합소로 알려진 휘각이니

어디 가서 각주라고 어깨 힘주고 다닐 일도 없고, 월전 차이 도 년에 백 냥 정도였다. 차라리 그 돈 포기하고 말지란 생각이 절로 드는 일들이 하루에도 몇 번씩 생기는 것이 휘각의 일이 었다.

"힘내십시오."

뒤에 선 홍사백이 어깨를 주물러 주었다. 그나마 마음에 맞는 수하들이라도 있어서 견딜 수 있었다.

"그래야 제가 오랫동안 부각주 해먹죠."

물론 이런 녀석들이지만.

자리에서 일어나 녀석에게 주먹을 날리는 시늉을 하고 자신의 집무실로 향하던 그때였다.

제갈수연이 뒤에서 말했다.

"사악련이 천라지망을 펼쳤습니다."

엄백양이 발걸음을 멈췄다.

"방금 전에 보고했잖아?"

"그게… 또 다른 천라지망입니다."

"뭐?"

엄백양의 눈빛이 날카로워졌.

임영달이 달려가 보고서를 받아 들었다.

"놈들의 추혼대가 두 번째 천라지망을 펼쳤다는 보고입니다."

"추혼대가?"

엄백양과 홍사백이 마주 보며 눈빛을 교환했다.
두 겹 이상의 천라지망은 흔한 일이 아니었다. 그들이 잡아야 할 대상이 아주 중요하다는 의미였다.
홍사백이 빠르게 말했다.
"혹시 우리 쪽 귀병들 작전과 관련있는 것 아냐? 모두의 위치 확인해 봐."
"알겠습니다."
조비랑이 빠르게 서류를 뒤지며 지도에 깃발을 확인했다.
그때였다.
성— 또 다른 보고서가 도착했다.
임영달이 재빨리 꺼내 읽었다.
"철벽수에 의해 세 번째 천라지망이 펼쳐졌습니다."
엄백양이 제갈수연에게 명령했다.
"루주님께 당장 보고해. 아니, 당장 오시라고 해."
"알겠습니다."
제갈수연이 신비루로 이어진 기관에 보고서를 보냈다.
홍사백이 심각한 표정으로 말했다.
"무슨 일일까요?"
"글쎄."
그때 조비랑이 보고했다.
"현재 놈들의 천라지망 내에 우리 귀병은 아무도 없습니다."

당연한 일이었다. 사악련 내에서 중요한 작전이 펼쳐지고 있었다면, 첫 번째 천라지망이 펼쳐졌을 때 그 때문에 펼쳐진 것임을 알았을 것이다.

엄백양이 다시 명령을 내렸다.

"목록에 있는 모든 인사들 위치 파악해!"

"알겠습니다."

휘각이 바쁘게 돌아가기 시작했다.

엄백양 옆에 나란히 서서 홍사백이 나직이 말했다.

"세 겹의 천라지망이 펼쳐진 것이 그때가 마지막이었지요?"

"그래. 적호의 작전이었지."

그리고 적호는 세 겹의 천라지망을 뚫고 탈출했다. 잊고 있었던 그를 떠올리자 왠지 마음이 씁쓸해졌다.

그때 구양서가 심각한 얼굴로 작전실로 뛰어들어 왔다.

"대체 무슨 일인가?"

"천라지망이 세 겹으로 펼쳐졌습니다."

"이유는?"

"지금 알아보는 중입니다."

그때, 네 번째 보고서가 도착했다.

설마하는 마음으로 보고서를 확인한 임영달이 깜짝 놀랐다.

"백시충(百尸蟲)의 네 번째 천라지망이 펼쳐졌습니다."

구양서가 엄백양을 돌아보았다. 구양서가 꺼내려는 말을 엄백양이 대신했다.

"백시충은 어지간한 일에는 꺼내지 않는 자들입니다."

그야말로 사악련이 아끼는 정예들 중 하나였다.

그리고 또다시 보고가 도착했다.

섯—

장내에 침묵이 흘렀다. 보고서를 열어보는 임영달의 손이 떨렸다. 내용은 더욱 충격적인 것이었다.

"다섯 번째 천라지망이 펼쳐졌습니다."

"어디냐?"

"흑야벌(黑夜閥)입니다."

흑야벌은 사악련을 수호하는 가문들 중 최고의 세력을 지닌 곳이었다. 신군맹에 있어 검천에 해당되는 이들이었다.

"놈들이 완전 작정을 했군."

구양서의 말에 엄백양이 빠르게 말했다.

"네. 지금 당장 신비루와 휘각에 비상을 걸어야 합니다."

"그러게."

섯— 이번에 날아든 보고는 조비랑이 의뢰한 중요인사의 행적에 대한 결과 보고였다. 위급 상황을 대비해 신군맹에서 정한 중요인사의 행적에 대해 휘각에서는 철저히 살피고 있었다.

보고서를 확인한 조비랑이 '헉!' 하고 짤막한 비명을 내질렀다.

모두의 시선이 그에게 집중되었다. 조비랑이 고개를 들고 당황한 표정으로 말했다.
"중요인사들은 한 분 빼고 모두 확인되었습니다."
"누구야?"
조비랑은 질린 얼굴로 대답을 하지 못했다.
구양서가 천천히 자리에서 일어났다.
"설마?"
조비랑이 떨리는 목소리로 말했다.
"…맹주님이십니다."

반 시진 후, 작전실로 새로운 보고가 들어왔다.
"삼공녀와 장로들이 곧 도착한답니다."
엄백양이 모두에게 말했다.
"언행들 조심하고. 실수 없도록."
"알겠습니다."
사안이 사안인만큼 홍사백을 비롯한 휘각원들은 바짝 긴장하고 있었다.
가장 신경이 곤두선 것은 구양서와 엄백양이었다. 자신들의 진급발령서에 먹물도 채 마르기 전에 일어난 일이었다. 까닥 잘못하다간 목이 달아날 수도 있는 상황이었다.
이미 작전실 중앙에는 원로들이 앉을 수 있는 자리가 마련되어 있었다.
"한데 대공자는?"

"대공자와 연락이 안 되고 있는 것 같습니다."

이번 일은 제일 먼저 대공자가 와야 할 일이었다.

그때 그곳으로 주화인과 핵심장로들이 줄줄이 들어섰다. 가장 앞장선 사람은 주화인이었다. 비록 후계자의 자리에선 밀려났지만 여전히 그녀는 천아성의 제자였다. 다른 일이라면 모를까 천아성과 관련된 일이기에 이번 회합에 참석을 한 것이다. 대신 이번에는 삼천의 가주들은 참석하지 않았다.

"앉으시지요."

삼공녀를 중심으로 핵심장로들이 자리를 잡고 앉았다. 그들의 표정은 모두들 굳어 있었다. 휘각원들은 언제라도 보고를 받을 수 있는 위치에 나란히 서 있었다.

자리에 앉자마자 주화인이 재빨리 말했다.

"현재 상황을 보고하세요."

엄백양이 앞으로 나섰다.

"네! 현재 사악련 접경지역에 그들의 정예병력 삼천이 집결한 상황입니다."

장로 화종이 깜짝 놀라 소리쳤다.

"삼천! 그것도 정예로만?"

다른 장로들도 모두 깜짝 놀랐다.

"현재에도 계속 모여들고 있습니다. 아마 이 추세라면 오천 명 이상의 고수들이 모여들 것 같습니다."

"전쟁을 하자는 수작 아닌가?"

화종의 걱정에 엄백양이 확신하듯 대답했다.

"그건 아닙니다. 전쟁발발 징후는 전혀 포착되지 않았습니다."

"확신할 수 있는가?"

"네, 확실합니다."

전쟁이 발발하는 것과 천라지망이 펼쳐지는 것은 차원이 다른 일이었다. 전쟁이 일어나려면 접경지역에 무인들만 집결시킨다고 되는 것이 아니었다.

물자지원을 시작으로 수많은 사전작업이 필요했는데, 현재 서로 간에 비밀리에 전쟁을 일으킬 수는 없었다. 전쟁이 터지기 최소 사흘 전에는 반드시 알 수 있었다.

다시 주화인이 명령했다.

"현재 우리의 대응에 대해 보고하세요."

"네, 일단 본 맹의 모든 타격대에 비상을 걸고 중요 병력을 접경지역으로 이동시켰습니다."

화종이 반신반의하며 물었다.

"정말 맹주님께서 천라지망 안에 계신 것이 확실한가?"

"정황상 확실합니다."

화종이 언성을 높였다.

"맹주님의 안위와 관련된 일인데, 정황이라니! 정황이라니!"

그에 대해선 엄백양은 아무 대꾸도 할 수 없었다. 현재 맹주

오겹지망 155

의 정확한 행적을 알지 못하는 상황이었다.

그때 가만히 듣고 있던 구양서가 나섰다.

"아시겠지만 맹주전에서 일체의 정보를 제공하지 않고 있습니다."

맹주전은 어떤 상황이 발생해도 공식적인 발표를 하지 않기로 유명했다. 설령 비난을 받더라도 마찬가지였다. 그들은 언제나 입이 없는 자들처럼 굴었다. 그 가장 근본적인 이유는 맹주전은 신군맹을 위해 일하는 곳이 아니라 맹주를 위해 일하는 곳이기 때문이었다.

주화인이 물었다.

"현재 맹주전의 움직임은 어떤가요?"

"아직은 없습니다."

장로들이 고개를 갸웃했다.

"만약 지금 사태가 맹주님 때문에 일어난 것이라면, 그냥 있을 리가 없을 텐데요."

화종의 의문에 주화인이 담담히 말했다.

"사부님이 엄명을 내렸을 수도 있지요. 아시잖아요, 사부님 성격을."

장로들이 고개를 끄덕였다. 그럴 가능성이 있었다. 아니, 틀림없이 그러했을 것 같았다.

"사부님께서는 오래전부터 사악련주를 만나보고 싶어하셨지요."

모두들 알고 있었기에 묵묵히 고개를 끄덕였다. 만약 그 짐작대로라면 사악련주를 만나러 갔다가 위험에 빠졌다는 것이다.

그녀가 다시 침착하게 물었다.

"그쪽 상황을 알 수 있는 길이 없나요?"

그녀는 자연스럽게 지금의 자리를 이끌고 있었다.

"현재 그곳의 모든 세작들과의 연락이 끊어졌습니다."

"그럼 사부님의 상황이 어떤지 모르는 상황이군요."

"그렇습니다."

"사부님은 그들에게 쉽게 당하지 않으실 거예요."

모두의 생각도 그와 같았다.

구양서가 차분히 말했다.

"하지만 다섯 겹의 천라지망은 지금까지 한 번도 없던 일입니다. 대책을 강구해야 합니다."

"휘각의 대책은 뭔가요?"

"현재 모든 귀병들의 작전을 중단하고 사악련과의 접경지역으로 파견했습니다. 명령을 내리시면 곧장 투입할 겁니다."

"망설일 필요 있나요?"

주화인이 화종을 돌아보며 이에 대해 결정을 내려달라는 눈짓을 보냈다.

화종 역시 주화인과 같은 생각이었다. 이럴 때 쓰려고 만들어둔 휘각이고 십이귀병이었다.

"투입하시오."

"알겠습니다."

구양서가 순순히 명령을 받았다.

그때 구석에 서 있던 조비랑이 불쑥 말했다.

"하지만 그 일은 신중해야 할 필요가 있다고 생각합니다."

모두의 시선이 그에게 집중되었다. 그가 끼어들자 구양서가 헛소리하지 말라고 눈짓을 보냈지만 조비랑이 못 본 척 말했다.

"이대로 무작정 투입했다간 대부분의 귀병들을 잃게 될 겁니다."

화종의 인상이 굳어졌다. 이런 자리에 새파란 수하가 끼어든 것 자체가 마음에 들지 않았다. 더구나 구양서마저 순순히 명령을 받아들이지 않았는가?

"십이귀병의 능력이 고작 그 정도란 말인가?"

화종이 불만스런 표정으로 구양서를 돌아보았다. 사실 십이귀병의 능력에 대한 질책이 아니라 지금 상황에 대한 질책이었다.

당황한 구양서 대신 이번에는 제갈수연이 나섰다.

"능력의 문제가 아닙니다. 다섯 겹의 천라지망이 펼쳐진 상태입니다. 장로님이라도 통과할 수 없을 겁니다."

"뭣이!"

화종이 화난 얼굴로 자리에서 벌떡 일어났다.

"자네 지금 뭐라 했는가?"

제갈수연이 다시 입을 열려는데 홍사백이 재빨리 나섰다.

"아직 똥오줌도 못 가리는 신입입니다. 부디 노여움을 푸시기를."

화종이 고개를 내저으며 자리에 앉았다. 못마땅한 마음이었지만 그렇다고 이런 상황에서 신입 놈에게 화나 내고 있을 수도 없었다.

조비랑과 제갈수연은 너무나 화가 났다. 그들은 십이귀병들을 그저 소모품으로 생각하고 있었다. 죽으면 새것으로 보충하면 그만인.

더 화가 나는 것은 구양서의 태도였다. 이번 작전이 불가능하다는 것을 누구보다 잘 아는 그가 아닌가? 말리지 않고 말없이 있는 엄백양에게도 화가 났다.

구양서가 재빨리 나서서 상황을 수습했다.

"지금 당장 모든 십이귀병을 파견하겠습니다."

화종이 화난 목소리로 말했다.

"대체 이 중요한 순간에 대공자는 어디에 간 것이오?"

* * *

여인의 비명 소리가 지하 밀실에 흘러 퍼지고 있었다.

여인의 몰골은 참혹했다.

탁자 위에 벌거벗은 채 쓰러진 그녀의 두 다리 사이는 벌려져 있었고 그 사이로 피가 흥건했다. 온몸이 상처투성이에 멍투성이인 그녀는 바로 소운이었다.

그녀가 힘겹게 몸을 일으켰다.

탁자에서 내려오려던 그녀가 쿵 하고 바닥에 쓰러졌다.

"끄으윽."

소운이 힘겨운 비명을 내질렀다.

그때 어둠 속에서 누군가 말했다.

"끈질긴 생명력이군."

모습을 드러낸 사람은 바로 신영영이었다.

"나 같았으면 벌써 혀를 깨물었을 텐데 말이지."

서너 명의 사내가 그녀를 번갈아 겁탈하는 것을 신영영은 즐기며 지켜보았다. 지금 이 시간이면 그녀를 납치해 온 야공을 조충이 해치웠을 것이다.

"너였군!"

소운이 두 눈에서 독기를 뿜어냈다.

신영영이 통쾌하게 웃었다.

"하하하, 그럼 당연히 나지, 누군지 알았더냐? 하도 개 같은 짓을 많이 하고 다녀서 누가 널 끌고 왔는지도 몰랐어?"

"죽인다!"

소운이 벌떡 일어나려 했다가 이내 그 자리에 주저앉았다.

"아아악."

온몸이 찢어질 듯 아팠다. 게다가 주요 혈도가 제압당해 내공을 끌어올리지도 못했다.

신영영이 그 앞에 쪼그리고 앉았다.

"이런 순간이 올 줄 몰랐지?"

"이런 짓을 하고도 무사할 줄 아느냐?"

신영영이 피식 웃었다.

"무사하지 않으면?"

"아버지가 널 그냥 두지 않을 것이다!"

짝! 신영영이 소운의 뺨을 사정없이 때렸다.

"그전에 네 목숨부터 걱정해야지!"

순간 소운의 얼굴에 공포심이 깃들었다.

"날 죽일 셈이냐?"

"갑자기 왜 순진한 소리지? 그럼 널 이 꼴로 만들고 살려줄지 알았더냐? 이렇게 멍청한 년이면 좀 더 살려둘 걸 그랬군."

와락, 소운이 신영영의 어깨를 움켜쥐었다.

"살려줘! 아버지께 아무 말도 않을게! 살려줘요!"

짜악! 다시 소운의 뺨이 돌아가며 바닥에 쓰러졌다.

"망할 년! 수치도 모르는 년! 개처럼 당했으면 그 망할 혀 그만 놀리고 스스로 깨물어야지."

소운이 다시 그녀의 발을 붙잡고 늘어졌다.

"제발! 살려주세요! 시키는 일은 다 할게요!"

신영영이 싸늘히 소운을 내려다보았다. 그녀의 두 눈에 더

없는 희열이 넘쳐 나고 있었다.

짜아아악!

신영영이 소운의 머리를 짓눌렀다.

"벌레보다 못한 년. 이렇게 짓밟으면 죽어버릴 년이 그렇게 덤볐단 말이지?"

소운이 버럭 소리쳤다.

"그래, 죽여! 더러운 년! 귀신이 돼서라도 널 괴롭혀 주지!"

"그래, 죽여주지!"

신영영이 그대로 발을 내리찍었다.

짜직.

소운의 머리통이 깨지며 그대로 쓰러졌다. 피가 흘러내렸다. 그야말로 비참한 죽음이었다. 하지만 신영영은 보지 못했다. 마지막 순간, 소운이 웃고 있었다는 것을. 그것은 임무를 다한 이의 마지막 미소였다.

그때였다.

짜아앙!

문이 박살나며 누군가 그곳으로 뛰어들어 왔다.

"소운아!"

소리를 지르고 들어선 사람은 바로 백무성이었다.

그의 등장에 신영영이 기겁했다. 순간 심장이 입 밖으로 튀어나오는 줄 알았다. 저 멀리 열린 문 뒤로 피를 흘리며 쓰러진 조충의 모습이 보였다. 얼핏 봐서도 그는 죽은 것이 확실했다.

　백무성이 바닥에 쓰러진 소운의 시체를 향해 천천히 걸음을 옮겼다.

　"…소운아."

　백무성의 목소리가 떨렸다. 눈동자가 떨렸고 몸이 떨렸고 그의 영혼까지 떨렸다.

　백무성이 바닥에 꼬꾸라진 소운의 시체를 돌렸다. 시체의 몰골은 참혹했다. 겁탈을 당한 후 머리통이 깨져 죽은 딸이었다.

　"내, 내가 그런 것이 아니에요."

　신영영이 뒷걸음질을 치며 말했다.

　"나, 나도 방, 방금 도착했어요."

　천천히 백무성이 일어났다.

　신영영을 향해 돌아선 그의 눈빛은 사람의 눈빛이 아니었다.

　"으아아악!"

　신영영이 입구를 향해 달아나려 했다.

　휘리리릭.

　백무성이 그녀의 머리채를 잡아챘다.

　"아아아악!"

　짝! 짜아악! 짝!

　사정없이 그녀의 뺨이 돌아갔다. 신영영이 날아드는 백무성의 손을 잡았다.

우드득.

백무성이 망설이지 않고 신영영의 손가락을 부셨다.

그녀의 비명은 멈출 사이가 없었다.

백무성이 다시 그녀의 어깨를 짓눌렀다.

와드득!

신영영의 어깨가 순식간에 가루가 되어 바스라졌다.

"끄아아아아악!"

신영영이 참혹한 비명을 내질렀다. 생으로 손가락이 부러지고 어깨가 가루가 된 고통은 말로 설명할 수 있는 것이 아니었다. 하지만 최악의 상황은 이제부터 시작이었다.

"제발! 제발! 난 당신의 부인이에… 아아아아악!"

우드드득!

다른 쪽 손가락이 으르러졌다. 팔이 부러졌고 온전했던 다른 쪽 어깨가 바스라졌다.

"아, 아버지가… 우리 아버지가 그냥 있지… 아아악!"

빠각.

그녀의 무릎이 부러지며 접혔다.

고통을 참지 못하고 기절하려는 것을 백무성이 붙잡았다.

툭툭!

무심한 눈빛으로 백무성이 그녀의 혈도를 두드렸다.

그러자 그녀가 곧바로 정신을 차렸다.

"…으으으."

반쯤 열린 그녀의 입에서 비명 소리만 흘러나왔다.

그녀는 완전히 공포에 질렸다. 백무성의 눈빛은 광기란 말로도 표현할 수 없었다.

그리고 그 광기가 극으로 치달았다.

콰직! 콰지직! 콰지지직! 콱!

그녀의 온몸 뼈가 바스라졌다.

콰앙.

그때 문을 열어젖히며 그곳으로 진충이 뛰어들어 왔다.

"안 됩니다!"

백무성을 말리려 달려가려던 진충이 몇 걸음 뛰다가 그 자리에 멈춰 섰다.

바닥에 쓰러져 있는 소운의 시체를 발견한 것이다.

백무성이 진충에게로 천천히 고개를 돌린 후 무미건조한 음성으로 물었다.

"뭐가 안 된단 말인가?"

진충은 아무 대답도 하지 못했다. 그대로 계단에 주저앉아 고개를 푹 숙였다.

백무성이 다시 신영영을 쳐다보았다.

다시 기절해서 축 늘어진 그녀를 바라보는 백무성의 눈에서 어마어마한 살기가 쏟아져 나왔다.

"고작! 너 같은 년 때문에!"

쾅! 쾅! 콰앙! 콰아앙!

백무성의 주먹이 그녀를 연속으로 강타했다.

피떡이 된 채 그녀가 구석에 처박혔다. 이미 그녀는 절명한 후였다.

백무성이 고함을 질렀다.

"으아아아아아아아!"

귀를 틀어막고 싶은 영혼의 울부짖음이었다.

第七十七章
천망돌파

절대
강호

강을 건너기 직전, 적호가 장비를 최종적으로 점검했다.

위험한 작전을 나갈 때면 가지고 나가는 것들이었다. 내상약부터 내공 회복약, 해독제와 피독주, 그리고 암기들까지.

"모든 귀병들에게 잠입 명령이 내려왔습니다."

연의 말에 묵묵히 적호가 고개를 끄덕였다. 불길한 예감이 적중한 것이다.

천아성이 위험에 빠지지 않았다면 다섯 겹의 천라지망이 펼쳐졌을 리가 없었다.

애초에 말릴 수 없었다면 따라갔어야 했다는 생각이 들었다. 하지만 이내 고개를 내저었다. 천아성과 깊은 유대감을 맺고 있다지만, 그의 뒤를 미행해 갈 정도의 상황은 아니었다. 단지 예감이었을 뿐이었으니.

적호는 가슴과 팔목의 보호대에 모두 꽂고도 나머지 비수를 따로 작은 가죽주머니에 챙겨 넣었다. 백여 자루가 넘었지만 그것으로도 부족하다는 생각이었다.

"저도 함께 가겠습니다."

"안 돼!"

"적호님!"

"이번만은 절대 안 돼!"

적호의 거절은 단호했다.

"혼자서는 위험합니다."

"혼자 가는 것이 나아."

비선들이 가장 많은 희생을 당하는 것이 사악련의 천라지망 때문이었다. 연을 그렇게 위험한 곳으로 데려가고 싶지 않았다.

"연, 내 말 똑똑히 들어. 이번 일만큼은 나 혼자 가는 것이 나아. 미안한 말이지만 연이 짐이 될 수도 있는 상황이야."

연이 한숨을 내쉬었다. 틀린 말이 아니었다. 어떻게든 도움이 될 수도 있겠지만, 적호의 무공 실력을 생각할 때는 결국 짐이 될 것이다.

"미안해."

"아니에요."

섭섭함보다는 걱정이 앞섰다. 적호의 말처럼 다섯 겹의 천라지망은 은신술의 대가인 자신조차 운신이 자유롭지 못할 것이다.

아무리 무공 실력이 뛰어나도 오천 명에 이르는 적들을 베고 침입할 수는 없는 일이었다.

"좋습니다. 대신 이것을 외우십시오."

연이 한 장의 지도를 내밀었다. 사악련 영역의 지도였는데 곳곳에 동그라미 표시가 되어 있었다.

"그곳이 바로 비상 비선망이 있는 곳입니다. 제게 연락을 하시려면 그곳을 이용하십시오. 대부분 무인망으로 이뤄져 있으니 오히려 안전할 겁니다. 사용하시는 법은 아시죠?"

"물론이지. 고마워, 연."

적호가 재빨리 그것을 외웠다. 그리고 지도를 다시 연에게 돌려주었다.

"걱정 마, 연. 무사히 돌아올 거야."

"전 이곳에서 기다리고 있겠어요."

적호가 그녀에게 손을 내밀었다.

연이 그 손을 맞잡았다. 울컥 마음이 격동했지만 연은 애써 마음을 진정시켰다. 떠나는 사람에게 눈물을 보이는 것은 실례다.

"제가 기다리고 있다는 것을 잊지 마세요."

적호가 탄 배가 천천히 강을 건너기 시작했다. 강 건너편은 사악련의 영역이었다.

걱정스런 연의 시선을 뒤로한 채 배가 건너편 강가로 도착했다. 새벽안개가 자욱한 그곳에 사람의 기척은 느껴지지 않았다.

적호가 강가에 배를 묶어두고 나뭇가지를 가져와 숨겨둔 후 안개 속으로 몸을 날렸다.

그렇게 안개 속을 달린 지 반 각 후, 드디어 적호는 천라지망의 첫 번째 경계선과 마주쳤다.

적호가 나무 위에서 주위의 기척을 살폈다. 한둘이 아니었다. 숲과 나무 사이에 은신하고 있는 무인들은 모두 아홉이었다. 예전에도 사악련의 천라지망을 경험해 본 적호였다.

그때처럼 지금도 아홉 명이 한 조가 되어 하나의 경계선을 치고 있었다. 호각으로 신호를 보냈을 때, 그 신호를 들을 수 있는 거리에 또다시 아홉이 있을 것이다. 또다시 그들로부터 신호를 들을 수 있는 곳에 아홉이 있었다.

그런 식으로 신호가 이어져 순식간에 주위의 모든 무인들이 몰려들게 되는 것이다. 게다가 그 사이사이에는 삼십 명으로 구성된 대기조가 곳곳에 존재했다.

삑— 소리가 들리면 열을 세기 전에 아홉이, 다시 열을 세기 전에 스물일곱이, 그리고 곧바로 대기조 삼십이 몰려든다. 칠십여 명의 무인들이 순식간에 포위망을 형성한 채 달려드는 것이다.

'어차피 몰래 스며드는 것은 불가능하다.'

설사 가능하다 해도 이동하는 시간이 너무 오래 걸렸다.

가장 좋은 방법은 빠르게 돌파하는 것이다. 물론 최단거리를 선택해 직선으로 돌파해선 안 된다.

직선으로 돌파하면 놈들은 자신의 이동 방향을 예측하고 그 앞쪽으로 병력을 집중시킬 것이다.

적호는 차분히 주위를 살폈다. 저 멀리 아득한 곳에 대숲이 보였다. 저곳으로 해서 이곳을 빠져나가려는 것이다.

하나의 긴 동선이 적호의 머릿속에 그려졌다.

심호흡을 한 번 한 후, 그대로 적호가 몸을 날렸다.

쉬이이익!

그야말로 벼락처럼 빠른 경신법이었다.

삐익—

긴 호각 소리가 들렸다.

쉭쉭쉭쉭쉭!

그와 동시에 암기가 쏟아졌다. 적호의 속도가 워낙 빨라 암기는 모두 빗나갔다.

이번에는 암기가 날아든 방향으로 적호의 비수가 날아갔다.

쉭쉭쉭쉭쉭!

비명 소리가 연이어 들렸다. 참새가 후드득 떨어지듯 사내들이 나무에서 떨어졌다.

"저쪽이다!"

살아남은 사내가 한쪽을 가리키며 악을 썼지만 이미 적호는 사라지고 없었다. 그리고 사내는 깨달았다. 동료들 여덟이 방금 전의 암기에 모두 당했다는 것을.

"뭐야? 이게?"

멍한 표정으로 그는 호각을 불어댈 생각조차 하지 못했다.

그 시간 적호는 두 번째 조를 돌파하고 있었다.

타타타탁!

적호의 뒤를 다섯 사내가 뒤따랐다.

쉭쉭쉭쉭쉭!

"피해!"

다섯 줄기의 직선이 빛처럼 빠르게 허공을 갈랐다.

경고한 사내도, 뒤따르던 사내들도 비수를 피하지 못했다. 일제히 몸을 뒤집으며 쓰러졌다.

그렇게 적호가 두 번째 조를 돌파했다.

모조리 다 죽이려 하지 않았다. 적극적으로 막지 않았던 네 사람은 살아남아서 서로를 쳐다보며 멍한 표정을 지었다. 저 멀리 쓰러진 동료들의 시체가 아니라면 지금 잠시 졸다가 꿈을 꾸고 있다는 생각이 들었을 것이다.

그만큼 상대는 너무나 빠르게 자신들이 지키던 곳을 지나쳐 간 것이다.

삐익—

한발 늦은 호각 소리가 사방으로 퍼져 나갔다.

그 호각 소리가 들리던 그때.

퍽! 퍼퍽!

사내 둘이 허리를 비틀며 서로 반대 방향으로 떨어져 나갔다. 적호가 자신에게 달려들던 좌측의 사내를 왼쪽 팔꿈치로, 우측의 사내를 주먹으로 그대로 날려 버린 것이다.

쉭쉭쉭쉭쉭쉭쉭!

그와 동시에 일곱 자루의 비수가 날았다.

뒤에서 달려들던 사내들이 그대로 몸을 비틀며 쓰러졌다. 넷은 즉사했고 셋은 부상을 당했다. 자신들을 한 번 던진 비수로 모두 쓰러뜨릴 줄은 정말 상상도 못한 일이었다.

"우리도 암기를!"

어깨를 부여 쥔 채 쓰러진 사내가 소리쳤다.

하지만 이내 그는 더 이상 암기를 던질 동료도, 암기에 맞아 줄 적도 시야에 없다는 것을 깨달았다.

적호는 네 번째 조를 돌파하고 있었다.

비수를 회수하지 못하는 것은 너무나 아까운 일이었다. 하지만 어쩔 수 없었다. 비수를 챙기는 것은 좋은 생각이 아니었다. 결국 그사이 집중된 적을 상대하느라 더욱 많은 비수를 소모해야 할 것이다.

쉭! 쉬이이익!

양쪽 숲에서 사내들이 튀어나왔다. 두 사람의 검 모두 적호의 뒤를 지나쳤다.

사아아악!

적호는 그대로 두 사람 다리 사이로 미끄러지며 스쳐 지나갔다.

"잡아!"

소리친 사내가 이내 그 자리에서 꼬꾸라졌다.

쿵!

앞에 서 있던 사내와 머리를 부딪쳤다. 앞쪽의 동료도 쓰러지고 있었던 것이다.

두 사람이 바닥에 쓰러지고 나서야 그들은 자신들의 발목에서 피가 뿜어져 나오고 있다는 것을 깨달았다. 스쳐 지나가던 적호가 남긴 상처였다.

비명 소리와 호각 소리가 뒤섞였다.

퍼억!

몇 번째 조인지 모를 사내가 적호의 팔꿈치에 늑골이 부서지며 쓰러졌다.

휘리릭!

뒤에서 덤벼들던 사내가 허공을 날았다. 몸을 비틀어 사내의 공격을 피한 적호가 사내의 멱살을 잡고 내던진 것이다.

꽝!

친우에게 장난을 치듯 가볍게 집어 던진 것 같았다. 하지만 바닥에 추락한 사내는 더 이상 움직이지 않았다.

적호가 허공으로 날아올랐다.

파파파파팍!

적호가 서 있던 자리에 암기가 쏟아졌다. 암기를 던진 사내들을 경악하게 만든 광경이 이어졌다.

날아든 암기를 밟아 그 탄력으로 건너편 숲으로 쏘아져 날아간 것이다.

"어어어!"

건너편 숲에서 매복해 있던 사내는 확실히 당황하고 있었다.

이렇게 빨리 날아드는 것도, 상대가 자신의 위치를 정확히 알고 있는 것도 이해할 수 없었다.

퍼억!

적호의 무릎이 사내의 턱을 강타했다. 사내가 뒤로 튕겨져 날아갔다. 적호가 날아든 기세로 사내와 함께 허공을 날다가 사내의 몸을 박차며 건너편 나무로 날아들었다.

쉭!

건너편 나무의 사내는 더욱 당황했다. 그가 날린 검은 적호의 신위에 눌려 제 위력을 발휘하지 못했다. 최선을 다한 공격이었다 해도 막을 수 없는 공격이었다.

빠각.

사내의 목이 비틀리며 그대로 추락했다.

쉭쉭쉭쉭쉭!

그곳으로 다시 암기가 날아들었다.

창창창창창!

이번에는 적호가 검을 뽑아 암기를 튕겨냈다. 그와 동시에 암기를 날린 사내를 향해 쇄도했다.

적호는 일부러 이번에 마주친 조를 하나하나 모두 상대하고 있었다. 의도된 행동이었다.

자신이 진행해 온 방향으로 적들이 모여들고 있었다. 그렇게 움직이길 예상했고, 그러기를 바라는 마음으로 시간을 끌고 있었다.

마지막 남은 사내가 정신을 잃고 바닥으로 추락했다.

적호가 몸을 날렸다. 지금까지의 진행 방향이 아니었다. 적호가 제일 처음 목표로 했던 대숲으로 사라졌다.

삐익― 삐익―

사방에서 호각 소리가 들려오고 있었다.

"구조와 십조가 이곳으로 오고 있습니다."

수하의 보고에 칠귀단 일대 칠조장이 끄덕였다.

마구잡이로 들리는 것 같지만 호각 소리는 각기 다른 의미를 담고 있었다. 일반 사람들은 들어도 구별할 수 없는 소리였다. 하지만 각 조마다 신호를 보내고 받는 훈련을 한 이들이 포함되어 있었다.

"대체 어떻게 된 일일까요? 정말 한 명에게 이 짧은 시간에 이곳까지 돌파당했다는 말입니까?"

"신호가 틀리지 않았다면 맞겠지."
"어떻게 그럴 수가? 여럿이 들어왔을 수도 있습니다."
"그래서 신호도 조작하고?"
"그건……."
수하가 말을 못했다. 여럿이 왔든 하나가 왔든, 호각으로 보내는 신호는 쉽게 위조할 수 있는 것이 아니었다.
그때 구조가 그곳으로 먼저 도착했다.
구조장이 빠르게 물었다.
"놈은?"
"아직 도착하지 않았소. 돌파하는 속도로 볼 때, 대단한 실력을 지닌 놈이오."
"그래 봤자 이곳을 돌파할 수는 없을 거요."
자만하여 하는 말이 아니었다. 자신들을 제외하고도 자그마치 십여 개 조가 자신들의 뒤쪽으로 속속 도착하고 있었다. 지금 이 순간에도 호각 소리로 서로에게 상황을 전달하고 있었다.
"십조가 도착했습니다."
수하의 보고가 끝나기가 무섭게 십조장이 그곳에 도착했다.
"아마도 놈은 부상을 당했거니 잠시 쉬고 있는 모양이오."
그 말에 십조장이 비웃었다.
"어리석은 선택이군."
천라지망에 잡히지 않는 가장 좋은 방법은 끊임없이 움직이는 것이다. 그것이 불가능하기에 천라지망에서 빠져나갈 수 없는 것이기도 하다.

　잠시만 발걸음을 멈춰도 그곳으로 벌 떼처럼 무인들이 몰려든다.

　지금 이 순간에도 시시각각 좁혀지는 포위망처럼.

　그때였다.

　삐익―

　자신들의 뒤쪽 저 멀리서 호각 소리가 들렸다.

　"십사조의 비상신호입니다."

　"십사조? 걔들이 왜?"

　칠조장이 깜짝 놀랐다.

　"빌어먹을! 우리가 속았소! 놈은 벌써 이곳을 빠져나갔소!"

　"하지만 어떻게?"

　"젠장! 그걸 내가 어떻게 알겠소? 일단 지원부터 갑시다!"

　그곳에 모여 있던 조들이 십사조가 매복해 있던 곳에 도착했을 때, 그들이 발견한 것은 십사조와 그들을 돕고자 했던 십오조의 시체들이었다.

　그리고 그 시각 적호는 십구조를 돌파하고 있었다.

　　　　　　*　　　*　　　*

　"아직인가?"

아직도 종리문은 만족스런 답변을 듣지 못했다. 천아성의 행적을 찾아내지 못한 것이다.

"그가 죽었을 가능성도 분명 있습니다."

수하의 말을 종리문은 일언지하 부정했다.

"그는 분명 살아 있다."

절벽 아래는 물론이고 그 하류까지 수색 작업이 한창이었다. 하지만 아직 시체를 찾지 못했다. 설마 그런 공격에 살아 있겠냐는 상식이 통하는 상대가 아니었다.

상대는 무신이었다. 시체를 찾아도, 수십 동강 난 시체를 보아도 마음이 놓이지 않을 상대였다. 시체를 찾지 못했다는 것은 그가 살아 있다는 것이다.

"그는 반드시 살아 있다! 반드시 찾아내야 한다!"

"알겠습니다."

두 개의 주사위를 굴려 이미 하나의 주사위는 육이 나온 상황이었다. 또르르 구르고 있는 나머지 주사위가 육이 나온다면 이번 싸움은 완승이었다.

하지만 일이 나온다면?

천아성이 살아서 탈출을 한다면 그 후폭풍은 엄청날 것이다.

그를 잡기 위한 과정에서 어떤 피해를 입게 되느냐에 따라 자신의 처지도 결정될 것이다. 엄청난 희생을 했음에도 그를 잡지 못한다면 그 책임을 지고 자신은 목숨을 내어놓아야 할

지도 모른다.

그리고 그보다 더 중요한 일은 따로 있었다.

분노한 천아성의 복수를 감당할 수 있을까? 더구나 그의 약점을 노린 비겁한 공격이었다.

종리문이 어금니를 깨물었다.

'반드시 이번에 잡아야 해.'

천아성을 다 죽여놓고도 잡아 죽이지 못한다면? 앞으로는 영원히 그를 죽이지 못할 것이다.

그때 또 다른 수하가 달려와 보고했다.

"천라지망에 침입자들입니다."

"어디인가?"

수하가 벽에 붙은 지도에 깃발을 꽂았다.

"이곳입니다."

그곳은 신군맹과의 접경지역이었다.

예상된 움직임이었다. 맹주에게서 연락이 끊어졌을 텐데, 그냥 있다는 것이 오히려 더 이상한 일일 것이다.

"어떤 자들이냐?"

"아직 밝혀지지 않았습니다만, 소규모로 움직이고 있답니다."

"그렇다면 십이귀병들이겠군."

종리문이 정확히 상대를 파악해 냈다. 자신들이라도 마찬가지 결정을 내렸을 것이다. 그들은 전면전이 일어날까 두려워

대규모 무인들을 침입시킬 수 없었다. 반대의 경우라도 마찬가지였다. 사도십객을 투입해 구출해 내야 하는 것이다.

잠시 지도를 쳐다보던 종리문이 빠르게 말했다.

"사도십객을 투입한다. 귀병 놈은 십객들로 하여금 처리하도록!"

"알겠습니다."

수하가 달려갔다.

종리문이 다시 자신의 자리에 앉았다. 십이귀병이 아니라 누구라도 그곳을 뚫고 들어올 수는 없다. 다섯 겹의 천라지망은 사악련이 생긴 이래 처음 있는 일이었다. 그야말로 이번 일에 사악련의 사활을 건 것이다. 그럼에도 사도십객을 투입하는 것은 그곳이 뚫릴 걱정이 아니라 천아성을 잡을 천라지망이 조금이라도 흠집이 생길까 걱정해서였다. 그깟 십이귀병들은 관심도 없었다.

"천아성만 죽이면!"

종리문의 눈빛이 이글거리고 있었다.

* * *

"선배, 이것 좀 봐주세요."

제갈수연이 조비랑에게 서류를 건넸다.

"그러지."

서류를 받아 드는 조비랑은 분명 평소와 달랐다. 그는 침울해하고 있었고 제갈수연은 그 이유를 잘 알았다.

 "선배, 걱정되죠?"

 제갈수연이 좋은 어조로 묻자 조비랑이 한숨을 내쉬었다.

 "이건 미친 작전이니까. 귀병 모두를 사지로 몰아넣는 일이라고."

 "어쩔 수 없잖아요, 맹주님께서 위험하시니."

 순간 조비랑이 울컥 뭔가를 말하려다 입을 다물었다. 그녀의 말처럼 맹주님이 위험하신데 이것저것 가릴 것이 있을까? 만약 그래야 한다면 천아성을 구하기 위해서 신군맹의 모든 무인들을 죽일 수도 있을 것이다. 그게 조직이니까.

 "다 잘될 거예요."

 제갈수연이 말을 쉽게 한다고 생각했다. 출신 성분으로 볼 때 그녀는 신군맹의 권력자들과 가까울지도 모르겠다는 생각이 들었다.

 '멍청이!'

 그리고 이내 조비랑이 스스로 자책했다. 참으로 자신이 못났다는 생각이 든 것이다.

 조비랑이 그녀가 건넨 서류를 보며 물었다.

 "이거 급한 일이야?"

 "네."

 내키지 않았지만 조비랑이 억지로 서류를 열었다.

순간 조비랑이 깜짝 놀랐다. 그곳에는 예쁜 여인이 한 장 그려져 있었다.

"이게 뭐야?"

"예쁘죠?"

조비랑의 시선이 그림으로 향했다. 미인도란 제목이 당연한 미모였다. 조비랑의 눈이 동그랗게 커졌다.

"정말 아름답네."

"소개시켜 드릴까요?"

"진짜?"

조비랑이 솔깃했다. 기분이 좋지 못한 것은 못한 것이고, 십이귀병이 위험한 것은 위험한 것이고, 그리고 예쁜 여자는 예쁜 여자인 것이다.

"어떻게 아는 사인데?"

"그냥 좀 알아요."

"몇 살인데?"

"선배보단 많아요. 하지만 나이가 중요한 것은 아니겠죠?"

"당연하지. 한데 뒤에 시커먼 것은 뭐지? 꼭 시커먼 눈이 내리는 것 같네."

"먹이 번졌나 보죠."

"그런가?"

그때 한옆에서 임영달이 소리쳤다.

"여기 있던 흑설마녀(黑雪魔女) 용모파기 어디로 치웠지?"

조비랑이 깜짝 놀랐다.

"흑설마녀라면 그 젊은 사내들의 양기를 빨아먹고 산다는 그 늙은 마녀 아냐?"

"나이는 예순이 넘었다지요? 겉으로 보기에는 완전 젊어 보인다던데. 예쁘기도 예쁘고."

"아! 생각만 해도 무섭……."

다음 순간 조비랑이 말문을 닫았다. 그가 뚫어져라 그림을 쳐다보았다.

"설마?"

제갈수연이 배시시 웃으며 한옆으로 달아났다.

"너 이리 안 와!"

"히히, 죄송해요. 선배가 하도 풀이 죽어 있어서요."

제갈수연을 쫓아가던 조비랑이 작전실 안으로 들어서던 엄백양과 부딪칠 뻔했다.

딱!

엄백양이 조비랑의 뒤통수를 후려치며 호통쳤다.

"잘 논다! 지금 장난칠 상황이야!"

조비랑과 제갈수연이 자신의 자리로 돌아가 고개를 숙였다. 제갈수연이 조비랑을 보며 혀를 쏙 내밀었다.

조비랑이 못 말린다는 표정으로 피식 웃고 말았다. 그녀의 배려가 고마웠다. 이럴 때 보면 그녀가 선배 같다는 생각이 들었다.

그때 새로운 보고서가 도착했다.

보고서를 열어본 제갈수연이 흠칫 놀랐다. 침울하게 보고서를 내려다보던 그녀가 힘없이 전했다.

"철우가… 죽었습니다."

꽝! 엄백양이 책상을 내리쳤다.

"빌어먹을! 젠장!"

고지식한 성격의 철우였다. 내려온 명령을 그대로 수행했고, 그 결과는 죽음이었다.

조비랑이 벌떡 일어나서 소리쳤다. 방금 전의 장난기는 이미 사라진 후였다.

"애초에 불가능한 임무입니다! 지금이라도 모두 불러들여야 합니다!"

"이 자식! 조용히 안 해!"

"불러들여야 합니다! 이대로라면 다 죽습니다!"

달려가 한 대 더 쥐어박는 대신 엄백양이 자리에 앉으며 한숨을 내쉬었다. 누구보다 지금 상황이 마음에 들지 않는 것이 자신이었다. 차라리 부각주 시절 구양서에게 불만을 토로하던 그때가 그리웠다.

그때 홍시백이 옆에 서 있음을 깨달았다. 그러고 보니 자신이 앉은 자리는 홍사백의 자리였다.

"또 실수를 했군."

"괜찮습니다."

홍사백이 속삭이듯 말했다.

"녀석 말이 맞습니다. 애들 불러들여야 합니다."

"하지만 어떻게?"

"제가 표나지 않게 명령을 내리겠습니다."

순간 엄백양의 눈빛이 반짝였다. 홍사백의 말뜻을 알아차린 것이다. 사적인 비선망으로 십이귀병들에게 적당히 뚫는 척만 하란 명령을 내리잔 말이었다.

성— 또 다른 보고서가 내려왔다.

제갈수연이 다시 빠르게 보고했다.

"비룡도 침입 실패입니다. 부상을 당하고 퇴각했습니다."

"빌어먹을!"

다시 엄백양이 한숨을 내쉬었다.

"그렇지만 맹주님의 안위가 걸린 일이야."

"알고 있습니다. 하지만 안 되는 건 안 되는 일입니다. 정말 맹주님이 걱정된다면 전면전으로 뚫고 들어가는 것이 올바른 선택입니다."

홍사백의 말이 옳다고 생각했다. 물론 지금 사용할 수 있는 방법은 절대 아니었다. 늙은 장로들은 함부로 병력을 움직이려 들지 않을 것이다. 더구나 이번 일에 막강한 영향력을 행사할 수 있는 대공자는 여전히 소식이 없었다.

"나중에 문제가 될 수도 있어."

"최대한 은밀히 처리하겠습니다."

홍사백이 대답을 듣지 않고 작전실을 나섰다. 엄백양은 그가 자신의 짐을 덜어준 것임을 알 수 있었다. 나중에 잘못되면 자신이 덮어쓰겠다는 뜻이 담긴 것이다.

엄백양이 다시 긴 한숨을 내쉬었다.

한 사람이 떠올랐다. 불가능한 임무도 척척 해내던 그가.

"…그가 있었다면."

* * *

꽈득!

사내의 허리가 뒤틀렸다. 그 빈틈으로 날아든 적호의 수도가 그의 옆구리를 강타했다. 둔탁한 소리를 내며 사내가 그대로 쓰러졌다.

"후우, 후우!"

적호가 거칠게 숨을 몰아쉬었다. 가로막는 적들의 복식과 이동 방식이 앞서의 칠귀단과 달랐다. 그 말은 곧 칠귀단이 펼친 천라지망을 넘어 두 번째 천라지망에 들어섰다는 뜻이었다.

삐익— 삑—

산 너머에서 빠르게 호각 소리가 들려오고 있었다.

이제 길은 두 갈래였다. 이대로 곧장 산 정상을 넘어가는 길과 산 아래로 난 길로 우회해 가는 경로.

일장일단이 있었는데 적호는 전자를 선택했다. 빠르게 이동할 수 있다는 장점을 위협할 만한 가장 큰 단점은 퇴로가 없다는 점이었는데 어차피 퇴로는 생각지도 않는 적호였다.

 적호가 선 채로 빠르게 진기를 일주천했다. 혈도탈태 이후, 심법 운용의 속도가 빨라진 것은 실전에 있어 가장 큰 도움이 되었다. 더구나 이렇게 선 채로 심법 운용이 가능한 것은 적호의 임수 수행에 날개를 달아준 것과 마찬가지였다.

 "후우우우!"

 빠르게 내공을 회복한 적호가 건너편 나무를 노려보며 차갑게 말했다.

 "나와!"

 나무 뒤에서 누군가 모습을 드러냈다.

 "제법이군. 내 기운을 알아차리다니."

 등장한 사내는 사십대의 중년 사내였는데, 삭막한 표정만큼이나 차가운 기도를 내뿜고 있었다.

 "하긴 제법 실력이 되니까 여기까지 들어왔겠지?"

 적호가 대번에 그가 어디에 속했는지를 짐작했다.

 "사도십객이군."

 "우릴 아는 것을 보니 넌 십이귀병이겠군."

 적호가 고개를 끄덕였다.

 "철객(鐵客)이다."

 철객이 스스로의 정체를 밝히며 적호가 정체를 밝히기를 기대했다. 하지만 적호는 스스로를 밝히지 않았다.
"살아서 나갈 수 있다고 생각하는군."
철객이 정확히 적호의 마음을 읽어냈다.
"헛된 꿈을 꾸는군."
철객의 몸에서 무럭무럭 살기가 피어올랐다.
적호는 그를 어떻게 죽일지를 마음속으로 그리고 있었다. 시간은 자신의 편이 아니었다. 한시라도 빨리 놈을 해치우고 이곳을 떠나야 했다. 멀리서 들려오던 호각 소리가 점점 가까워지고 있었다.

상대는 병장기를 착용하지 않았다. 그 말은 곧 권법이나 각법을 쓴다는 말이었다. 발달한 상체와 팔근육으로 볼 때, 권을 주력으로 쓰는 것이 틀림없었다.

적호가 한 걸음 다가서자 철객이 동시에 걸어나왔다.

한껏 일으킨 내력이 철객의 주먹에 실림과 동시에 그가 쇄도해 왔다.

쇄애애액.

엄청난 권풍이 휘몰아쳤다.

적호가 훌쩍 뛰어오르자 철객이 땅을 박차며 날아올랐다.

"어림없다."

자신감 하나는 최고인 그였다. 근거는 알 수 없었지만 그는 적호를 반드시 죽일 수 있다고 생각하고 있었다.

파아잉! 피파팡!

철객의 주먹이 허공을 격했다. 연이은 장력이 허공을 찢어발겼다. 적호가 몸을 비틀어 공격을 피한 후 우측에서 검을 내리쩍었다.

쉭! 깡!

적호의 검이 철객의 팔뚝에서 튕겨 나왔다.

철객이 의기양양한 미소를 지었다.

"크크크. 내가 왜 철객으로 불리는지 이제 알겠나?"

같은 실력이면 권법보다 검술이 훨씬 위협적이다. 맨손과 무기의 차이기도 했다.

하지만 철객은 몸을 강철처럼 만들어 보호하는 무공을 배움으로써 권법의 약점을 보완했다.

"대단하군."

적호가 진심으로 감탄했다. 비록 검에 내력을 주입하지 않았지만, 그래도 자신이 휘두른 검이었다. 내력 없이도 어지간한 쇠는 그냥 잘라내는 실력이었다.

징―

참혼이 위협적으로 우는 순간, 적호가 다시 철객을 향해 쇄도했다.

쉬이이익!

철객이 몸을 비틀어 첫 번째 날아든 검을 피했다.

동시에 주먹을 내질렀다.

퍼엉!

허공이 터져 나갔지만 적호 역시 그의 주먹을 피했다.

쉬이익!

철객은 좌측에서 날아든 검을 피할 여유가 없었다.

왼팔로 검을 막는 순간.

서걱!

"크악!"

철객의 입에서 짤막한 비명이 터져 나왔다.

아픔의 비명이 아니라 놀람의 비명이었다.

철객의 팔뚝이 잘려 피가 쏟아져 나오고 있었다.

"어, 어떻게?"

쉬이이익!

대답 대신 적호의 검이 날아들었다.

철과 철이 부딪쳐서 나는 소리 대신, 검에 살이 찢기는 소리가 연이어 들렸다.

푸우욱!

마지막 검은 정확히 철객의 가슴에 박혔다. 회생불가의 상처였다.

철객이 믿을 수 없다는 눈빛으로 적호를 쳐다보았다. 그가 이렇게 자신만만했던 것은 철우를 죽인 것이 바로 그였기 때문이었다. 같은 십이귀병이 이렇게나 기량 차이를 보일 줄 생각지 못했다.

꺼져 가는 눈빛으로 철객이 말했다.

"…그래 봤자 넌 결코 이곳을 빠져나가지 못해."

파아앗!

적호의 검이 빠져나오자 철객이 피분수를 내뿜으며 쓰러졌다.

적호가 말없이 가야 할 곳을 응시했다. 저곳 어딘가에 분명 천아성이 있을 것이다.

'조금만 기다려 주십시오.'

    *   *   *

"아버지, 이 할아버지 괜찮을까요?"

어린 소녀가 수레에 실린 노인을 걱정스럽게 쳐다보았다. 소고삐를 움켜쥔 장년 사내가 힐끗 고개를 돌리며 말했다.

"늦지 않고 송 의원에게 보이면 괜찮을 거다."

그의 이름은 양필(梁苾)이었고 어린 소녀는 그의 딸 양화(梁華)였다. 강가에 밀려온 노인을 발견한 것은 양화였다.

집에 데려다 따뜻한 곳에 눕히고 손발을 주물러 줬지만 노인은 정신을 차리지 못했다. 양필은 그가 강호인임을 알아차렸다. 부상당한 강호인을 구했다가 큰 화를 입을 수도 있다는 것을 알았기에 노인을 다시 원래 발견한 자리에다 버려두고 싶었다. 하지만 노인을 구하고자 하는 착한 딸을 생각하면 그런 짓은 할 수 없었다.

이틀이 지나도 정신을 차리지 못하자 이렇게 노인을 수레에 싣고 삼십 리도 더 떨어진 의원을 찾아 나선 것이다.

두두두두두!

십여 기의 말이 그들을 스쳐 지나갔다.

양화가 피어오른 흙먼지를 손으로 휘저으며 인상을 찌푸렸다.

"오늘따라 강호인들이 부쩍 많이 보이네요."

가끔 아버지를 따라 저잣거리로 가는 양화였다. 강호인 하나 보기 쉽지 않은 작은 마을이었는데, 오늘따라 부쩍 강호인들이 많이 보였다.

"그렇구나."

슬쩍 노인을 돌아보는 양필의 얼굴에 걱정이 스쳤다. 혹시라도 노인과 관련이 있진 않을까 걱정이 된 것이다.

'설마 괜찮겠지?'

양필이 애써 걱정을 떨쳤다. 돌아가는 길이 더 멀기에 양필은 죄없는 소만 자꾸 재촉했다.

그렇게 조금 더 가자 일단의 무인들이 길을 막고 서 있었다. 죄인들을 잡기 위해 관원들이 길을 막고 신분검사를 하는 것처럼 강호인들이 검문을 하고 있었다.

양필은 가슴이 벌렁벌렁했지만 이미 그들의 눈에 띈 이상 수레를 돌릴 수도 없었다.

"멈추시오."

양필이 천천히 수레를 세우자 중년 무인 하나가 대표로 나섰다.

"어디로 가는 길이오?"

기본적인 예의는 차리고 있었지만 그의 눈빛은 더없이 위협적이었다.

"송 의원 댁에 가는 길입니다."

"무슨 이유로 가시오?"

"그게……."

양필이 우물쭈물하던 그때, 양화가 대신 대답했다.

"할아버지가 아프셔서 의원님 댁에 가는 거예요."

"그래?"

무인이 뒤쪽을 살폈다.

수레에 정말 노인이 창백한 얼굴로 누워 있었다.

중년 무인의 손짓에 몇 걸음 떨어져 있던 무인들이 모두 다가섰다. 그중 한 사내의 손에 한 장의 종이가 들려 있었는데, 거기에는 노인 하나의 얼굴이 그려져 있었다. 그들은 그림 속의 노인이 누군지 정확히 알지 못했다. 종리문은 천아성의 정체가 밝혀지는 것을 절대 바라지 않았다.

사내가 얼굴을 비교하는 사이 중년 사내가 다시 양화에게 물었다.

"이 노인은 누구냐?"

"저희 할아버지예요."

"거짓말!"

중년 사내가 버럭 소리치자 겁이 난 양화가 눈물부터 흘렸다.

"왜 그러세요."

얼굴을 비교하던 무인이 빠르게 말했다.

"꼭 닮았습니다! 그가 맞는 것 같습니다!"

중년 사내가 기쁜 얼굴로 소리쳤다. 사악련 내부에서 노인에게 아주 큰 포상금이 걸어둔 상태였다.

"체포해!"

무인들이 일제히 검을 뽑아 들며 수레를 포위했다.

"어이쿠! 왜 이러십니까?"

무인들이 달려들어 양화부터 낚아채자 양필이 악을 쓰며 달려들었다.

"화야! 왜 이러십니까! 애는 그냥 놔주십시오!"

사내 하나가 사정없이 양필을 걷어찼다. 배를 걷어차인 양필이 땅바닥을 뒹굴었다.

또 다른 무인들이 노인에게 달려들었다.

그들이 노인의 혈도를 제압하려던 바로 그 순간이었다.

노인이 눈을 번쩍 떴다. 혈도를 제압하려던 사내가 깜짝 놀랐다.

"헉!"

사내의 입에서 헛바람이 새어 나오던 그 순간!

퍽!

사내의 이마에 구멍이 뚫리며 그대로 쓰러졌다.

물론 수레의 노인은 바로 천아성이었다. 천천히 몸을 일으킨 천아성의 손이 스윽 허공을 스쳤다. 그와 동시에 한옆에 서 있던 양화가 그대로 잠이 들었다.

천아성의 뜻을 짐작한 중년 사내가 빠르게 소리쳤다.

"합공해!"

명령이 떨어지던 그 순간.

퍽!

중년 사내의 이마에도 구멍이 뚫렸다.

퍽퍽퍽퍽퍽퍽퍽!

손가락이 허공을 지날 때마다 사내들이 쓰러졌다. 그곳에 있던 모든 무인들의 이마에 구멍이 뚫린 것은 그야말로 순식간의 일이었다.

"어이쿠! 어이쿠!"

사내들이 쓰러질 때마다 양필이 고함을 질렀다. 그 와중에도 잠든 딸을 안고 있었다.

"아이를 데리고 이 길로 돌아가게. 놈들이 모두 죽었으니 자네들은 이번 일과 무관할 수 있을 거네."

너무 놀란 양필은 그저 아이구, 아이구만 반복했다.

"어서 가래도."

그제야 양필이 양화를 안아 들고 벌떡 일어났다. 천아성이 뛰어서 달아나려는 그를 불렀다.

"수레도 가져가야지."

"아, 네, 네."

양필이 서둘러 수레를 돌렸다. 허겁지겁 달아나려던 그가 걱정스럽게 말했다.

"노인장은 괜찮으시겠습니까?"

천아성은 금방이라도 쓰러질 것같이 위태로워 보였다. 원인 제공이야 했지만 그래도 자신과 딸을 구해준 그였다. 게다가 살인멸구하지 않고 이렇게 순순히 보내주고 있었다.

"난 괜찮네. 어서 가게."

"보중하십시오. 이 은혜 잊지 않겠습니다."

"내가 할 소리네. 구해줘서 고맙네."

굳이 듣지 않았어도 그들 부녀가 자신을 구해준 것은 알 수 있었다. 양필이 크게 인사하고 서둘러 딸을 데리고 그곳을 떠나갔다.

혼자 남은 천아성이 주위를 돌아보았다.

"이곳이 어딘가?"

천아성이 몸을 살피며 내력을 끌어올리려던 그 순간.

"쿠에에에엑!"

천아성이 한 사발의 피를 토해냈다. 내상이 깊은 와중에 과도하게 내력을 쓴 탓이었다. 그가 비틀거리며 걸음을 옮겼다. 정말이지 한 걸음 한 걸음이 너무나도 위태로워 보이는 발걸

천망돌파 199

음이었다.

                    *   *   *

 종리문은 한순간도 작전실을 떠나지 않고 있었다. 심지어 상황이 벌어진 후, 거의 잠을 자지 않고 있었다. 의자에 앉아 토막잠을 잔 것이 전부였다.
 상황판은 큰 것과 작은 것, 모두 두 개였다.
 큰 쪽은 천아성의 행방을 추적하고자 만들어진 것이었다. 벽에는 커다란 지도를 비롯해 천라지망과 관련한 갖가지 정보들이 가득 걸려 있었다.
 나머지 하나는 천라지망을 뚫고 들어온 침입자에 대한 것이었다.
 원래 작게 만들어져 있었는데, 정신없이 바쁜 움직임을 보이는 것은 그쪽 상황판이었다.
 지금 막 원하지 않는 보고가 다시 올라왔다.
 "놈이 네 번째 천라지망을 찢었습니다."
 종리문이 벌떡 자리에서 일어났다.
 "미친! 진심인가?"
 수하가 멍한 표정을 짓다가 이내 빠르게 네라고 대답했다. 결과를 알리는 보고에 진심이냐고 묻는 자체가 미친 말이었다. 그건 종리문이 스스로에게 한 말이었다.

첫 번째 천라지망이 찢겼을 때까지만 해도 대수롭지 않게 생각했다. 천아성을 구하기 위해 투입된 고수라면 당연히 첫 번째 천라지망 정도는 뚫을 것이라 생각했다.

놈이 두 시진이 지나기 전에 두 번째 천라지망을 돌파했다. 두 번째도 뚫릴 수 있다고 생각했다.

한 가지 마음에 걸린 것은 시간이었다. 두 번째에 들어선 지 불과 한 시진 만에 돌파한 것이다. 너무 빠른 것이 아닐까 걱정이 되었다. 제법 강한 고수가 투입되었다고 생각했다.

그리고 채 반나절이 지나지 않아 세 번째 천라지망이 뚫렸다.

이후 침입자에 대한 대대적인 조사를 명령했다. 그에 대한 보고서 대신 네 번째 천라지망이 뚫린 보고가 올라온 것이다.

"놈의 신원파악은 아직인가?"

그러자 옆에 서 있던 학순(郝順)이 다가오며 대답했다.

"십이귀병으로 보여집니다만, 정확히 누군지는 알 수 없습니다."

학순은 종리문이 이끄는 신진 군사들 중에 가장 두각을 드러내는 인물이었다.

"네 겹의 천라지망을 뚫고 들어오는 놈인데도 우린 누군지도 모른다는 말이지?"

자신의 잘못이 아님에도 보고를 한 학순이 고개를 푹 숙였다. 그를 닦달할 일이 아니었기에 종리문은 말문을 닫았다. 문득 조건반사적으로 한 사람이 떠올랐다.

'놈이 살아 있다면?'

그랬다면 지금의 이자가 누군지 알아내려 할 필요가 없을 것이다. 분명 놈일 테니까. 천라지망 셋을 찢고 달아났던 놈이다. 그놈이라면 천아성을 구하기 위해 다섯을 찢고 들어왔다 해도 전혀 놀랄 일이 아니었다. 하지만 이미 그는 죽은 자였다.

학순이 조심스럽게 말했다.

"신군맹에서 보낸 비밀병기인 것 같습니다."

평소라면 고작 생각해 낸 것이 그따위냐며 야단을 쳤을 것이다. 신군맹의 조직 성격상 비밀병기를 키우지 않았다.

그들은 천아성이라는 하나의 구심점을 중심으로 여러 권력집단이 자의적으로 모인 곳이었다. 신군맹을 위한 조직이지만, 동시에 독자적인 조직의 성격이 강했다.

이 정도 고수를 키워내려면 신군맹 내에서 막대한 지원을 해야 했다. 모두들 자신들이 키우려 들었을 것이고, 서로가 서로를 견제해 결국 어느 쪽도 키우지 못하게 되었을 것이다.

그렇다면 결국 천아성이 직접 키웠다는 뜻인데 그는 전혀 그럴 성격이 아니었다.

따라서 침입한 자는 신군맹이 키운 비밀병기가 아니었다. 그럼에도 종리문이 고개를 끄덕인 것은, 어디서 튀어나왔던 지금의 이놈은 제대로 된 병기가 확실했기 때문이었다.

"마지막은 절대 뚫리면 안 돼!"

*   *   *

소객(笑客)이 적호를 처음 본 느낌은 만만함이었다.

적호는 피를 뒤집어쓴 채 휘청거리며 걸어오고 있었고 호흡은 고르지 않았다. 툭 건들면 그대로 쓰러질 것 같았다.

소객이 히죽 웃었다. 그는 예전에 적호가 죽였던 소객의 후임이었다. 그의 뒤로 또 다른 두 사람이 서 있었다. 적호는 그들을 마주 쳐다보지도 못할 정도로 지쳐 있었다.

"많이 지쳐 보이는군."

그에 비해 이쪽은 셋, 그것도 사악련이 자랑하는 사도십객들이었다.

셋 중 가장 신중한 환객(幻客)이 말했다.

"방심해선 안 되네. 다섯 겹의 천라지망을 뚫고 온 자네."

미소를 띤 소객도 말없이 지켜보는 혈수객(血手客)도 절대 방심하지 않았다. 이 자리의 누구도 다섯 겹의 천라지망을 뚫을 수는 없었다. 능풍비를 제외하곤 그런 신위를 보일 만한 사람조차 알지 못했다. 상대는 이곳에 서 있는 것만으로도 충분히 자신의 가치를 드러냈다.

"후우— 후우—"

하지만 고르지 못한 적호의 숨소리는 당장이라도 달려가서 고개 숙인 저 머리통에 일격을 가하고 싶은 마음이 들게 했다.

 적호는 심법을 통해 내력을 회복하지 않고, 말 그대로 그냥 쉬고 있었다. 진기를 일주천하는 시간이 빨라졌고, 선 채로도 할 수 있다지만 상대는 날고 긴다는 사도십객들이었다. 진기를 다스릴 때 공격을 당하면 큰 부상을 당할 것이다.

 굳이 터질 듯한 내력이 아니더라도 그들을 상대할 자신이 있었다. 그래서 적호는 그저 숨을 고르고 몸을 쉬고 있는 것이다.

 지금까지 몇 명이나 베었는지 셀 수조차 없었다. 다섯 겹의 천라지망을 뚫는 일은 마치 물을 가르는 느낌이었다. 물을 가르면 일순간 갈라졌다가 다시 그 자리에 물이 가득 차지 않는가? 적들도 마찬가지였다. 베어도, 베어도 놈들은 끝없이 나왔다. 특히 네 번째 천라지망을 펼친 백시충은 겁을 없애는 약이라도 먹었는지 물불 가리지 않고 달려들었다. 팔다리가 잘려나가도 온몸을 던지는 그야말로 끔찍한 놈들이었다. 다섯 번째 흑야벌은 정예 중의 정예였고 대단한 무위를 자랑했다. 그리고 바로 이곳이 그 다섯 번째 천라지망의 마지막 경계선이었다. 지금까지 뚫은 천라지망은 아직 추격을 하지 않고 있었다.

 천라지망도 이동을 한다는 것을 적호는 알고 있었다. 거대한 포위망이 그들만의 신호에 맞춰 동시에 이동하는 것이다. 예를 들면 그것은 손에 그물을 들고 냇가를 이리저리 옮겨 다니는 것과 같았다.

그리고 적호는 자신이 이렇게 깊숙이 들어올 때까지 그들이 제자리를 지키는 이유를 알고 있었다.

자신은 사악련 영역으로 들어가는 길이었으니까. 그들의 주목적은 천아성이 빠져나가지 못하게 하는 것이었다.

만약 이 과정이 탈출하는 길이었다면, 지금보다 몇 배는 더 힘들었을 것이다. 그들 병력 모두가 한 점에 집중된다면 그 힘은 제아무리 적호라도 감당하기 힘든 것이었다.

동시에 한 가지 희망도 생겼다. 천라지망이 자신을 따라 움직이지 않는다는 것은 아직도 천아성이 살아 있다는 증거였다.

소객이 웃으며 말했다.

"한데 대단한 충성심이군. 대체 누굴 구하려는 것이지?"

적호는 사도십객들이 이번 작전에 대해 자세히 알고 있지 못하다는 것을 알아차렸다. 그들이 모른다면 천라지망을 펼친 무인들은 당연히 모를 것이다.

'비밀리에 작전을 진행하고 있군.'

하긴 천아성이 위험하다는 소문이 강호에 퍼지면 그야말로 난리가 날 것이다. 정파인들이 몰려들기 전에 어떻게든 은밀히, 그것도 최단시간에 이번 일을 처리하려 들 것이다.

"설마 소문처럼 신군맹주는 아니겠지?"

사도십객들과 그 연락책들 사이에서 이번 작전이 천아성을 잡기 위함이란 소문이 있었다.

 물론 그럴 리는 없을 것이라 생각했다. 갑자기 천아성이 사악련의 영역에서 부상을 당했다는 것은 그야말로 뜬금없는 일인 것이다. 그만큼 고위급 인사라는 정도만 짐작할 뿐이었다.

 환객이 검을 뽑아 들었다.

 "시간을 줘선 안 될 것 같소. 빨리 처리합시다."

 사실 소객의 생각은 반대였다. 상대는 금방이라도 쓰러질 것 같아 보였다.

 하지만 상대의 기도를 꿰뚫어 보는 데는 환객만 한 사람이 없었다.

 '그렇다면 뭐야? 방심을 유도해서 나를 속인 거야?'

 상대를 제대로 파악하지 못했다고 생각하자 소객은 화가 치밀었다. 그의 미소가 더욱 짙어졌다.

 "그럽시다!"

 나머지 두 사람도 검을 뽑아 들었다. 어쨌든 상대의 상태로 보아 셋의 합공이라면 충분히 죽일 수 있으리라 확신했다.

 적호는 금방이라도 쓰러지기 직전의 몰골로 거칠게 숨을 몰아쉬고 있었지만, 그것은 의도적인 연기였다. 이곳까지 오는 동안 내력이 바닥을 드러내고 다시 채우고를 몇 번이나 반복했다. 내력은 거의 바닥이었지만 그들을 상대할 정도는 남아 있었다.

 세 사람이 원형진을 그리며 천천히 다가섰다.

그 하나하나의 실력이 절정에 이른 자들이었다. 셋의 움직임을 따라가는 일은 쉽지 않은 일이었다. 눈으로 그들을 따라잡기보다 적호는 공기의 흐름을 읽었다. 공기를 따라 흐르는 그들의 호흡이 느껴졌다. 먹이를 노리는 맹수처럼 적호는 기회만 기다리고 있었다.

쉬이이익!

세 사람이 각기 다른 세 방향에서 동시에 적호를 향해 쇄도했다.

무섭도록 빠른 속도였다.

파팍!

적호가 벼락처럼 빠르게 몸을 날렸다.

가장 오른쪽의 혈수객을 향해서였다. 생각지도 못한 속도에 혈수객이 당황했다. 물론 그냥 당하지만은 않았다. 혈수객이 적호의 심장을 향해 검을 내질렀다.

쐐애애액!

순간 적호의 신형이 기묘하게 움직이는가 싶더니.

이내 혈수객의 팔을 감싸며 달라붙었다.

예상과는 다른 공격에 혈수객을 돕기 위해 검기를 날리려던 두 사람이 흠칫하는 순간이었다.

그 순간 적호의 팔이 뱀처럼 혈수객의 팔을 감쌌다.

우드드득!

팔이 부러지는 소리기 들렸고 끙 하는 비명이 터졌다. 이미 적호는 혈수객의 허리를 뒤에서 감싸 안은 후였다.

혈수객이 검을 들지 않았던 주먹으로 세 번이나 적호를 강타했다. 하지만 세 번 다 허공을 가르고 말았다.

우득!

목이 돌아간 혈수객이 그대로 허물어졌다.

순식간의 일이었고, 혈수객을 인질로 잡고 움직이는 한 수였기에 두 사람은 그를 도울 수도 없었다.

뒤에 선 적호의 눈빛은 방금 전의 그 지친 모습이 아니었다.

날 선 적호의 눈빛에 소객과 환객이 침을 꿀꺽 삼켰다. 지금까지 사냥감이던 적호가 포식자로 바뀌는 순간이었다.

이번에는 적호가 먼저 몸을 날렸다.

자신을 향해 달려드는 적호를 향해 환객이 검은 구슬을 던졌다.

"죽어!"

꽈아앙!

허공에서 진천뢰가 폭발했다. 주위가 완전히 초토화되었다. 땅이 뒤집어지며 흙먼지가 뒤덮였다.

소객이 히죽 웃었다. 그는 똑똑히 보고 느꼈다. 적호의 눈앞에서 진천뢰가 터지는 것을.

절대 살아남을 수 없는 위력이었다. 혈수객을 죽이는 모습에서 실력 차이를 느꼈다. 체면 따위를 언급할 상대가 아니었다.

"해냈네!"

소객이 들뜬 목소리로 말했다.

먼지가 가라앉았을 때, 진천뢰를 던졌던 환객의 모습이 보였다.

원래라면 의기양양하게 서 있어야 할 모습 대신, 창백한 그의 입에서는 시뻘건 핏물이 흐르고 있었다.

그리고 그의 가슴으로 한 자루의 검날이 튀어나와 있었다.

그 뒤에 선 적호와 시선이 마주쳤다. 서늘한 적호의 눈빛을 보는 순간, 소객은 자신의 최후를 예감했다. 자신이 아는 그 누구도 이렇게 빠른 시간에 사도십객 둘을 죽일 순 없었다.

마지막 비기까지 쓰며 악착같이 버텼지만, 채 일다경도 지나기 전에 그 예감은 현실이 되었다.

第七十八章
적호아성

절대
강호

"마지막 천라지망까지 뚫렸습니다."

종리문은 더 이상 놀라지 않았다. 네 번째가 뚫렸을 때 이미 예상된 것이기도 했다.

하지만 이어진 보고에 종리문은 충격을 받았다.

"철객과 혈수객, 환객, 소객에게서 연락이 두절되었습니다."

한마디로 다섯 겹의 천라지망을 뚫으면서 사도십객 넷을 해치운 것이다.

자신이 파악하고 있는 신군맹의 고수들 중 이번 일에 적합한 자가 있었던가? 이렇게 대단한 신위를 발휘할 만한 자가 있었던가? 아무리 생각해도 알 수 없는 일이었다.

그때였다. 너무나도 오랜만에 기다렸던 쪽에서 연락이 왔다.

"급보입니다."

"뭔가?"

"천아성을 찾아냈습니다. 현재 맹렬히 추적 중이랍니다."

종리문이 벌떡 자리에서 일어났다.

"인근의 모든 병력을 투입한다. 그리고 그곳으로……."

종리문의 눈이 반짝였다.

"검신(劍神)과 검귀(劍鬼)를 보내!"

* * *

천아성은 멍하게 자신의 피 묻은 손을 내려다보고 있었다.

그의 안색은 더없이 창백했다. 기혈은 엉망으로 뒤엉켰고, 심각한 내상과 외상이 여럿이었다. 스스로 응급처치를 해서 억지로 상처를 눌러놨다.

게다가 천사독에 중독된 왼손은 거의 움직일 수가 없었다. 독을 외부로 배출시키지 못해서 그 왼손에 모아둔 것이다.

몸의 상처도 상처지만 천아성은 여전히 정신적인 충격에서 벗어나지 못하고 있었다.

'어떻게 사악련에서 그 목걸이를 가지고 있었을까?

계속된 의문이었다. 물론 한 가지 정답은 나와 있었다. 애써 그럴 리 없다고 부정하고 있었다.

자신의 손에 피를 묻히게 될 줄 상상하지 못했다니! 한편으로 참으로 오만한 삶을 살아왔다는 생각이 들었다.

잠시 서서 상념에 잠긴 이 순간에도 수십 명의 무인들이 사방으로 모여들고 있었다.

달려드는 사내의 검을 빼앗아 역으로 휘둘렀다.

푹!

대번에 사내의 목이 잘려 나갔다.

파파파팍!

뒤따르던 네 명이 천아성이 날린 지풍에 동시에 몸을 뒤집으며 쓰러졌다.

벌 떼처럼 달려드는 놈들은 그야말로 소모품들이었다. 그 소모품에 의해 천아성은 실제로 소모되고 있었다. 짜내선 안 될 진기를 짜내고 있었던 것이다.

천아성은 더 이상 내력을 사용하면 위험하다는 것을 알았다. 하지만… 계속 밀려드는 적들은 천아성을 한계까지 내몰고 있었다.

천아성이 천천히 산 정상을 향해 걸음을 옮겼다. 그들은 포위망을 형성한 채 천천히 천아성을 압박해 오고 있었다.

천아성이 산 정상에 이르렀다.

그곳에는 반대쪽 능선을 타고 올라온 것으로 보이는 사악련 무인들로 가득했다.

그 숫자가 무려 수백에 달했다. 특히 포위망은 절벽 쪽에 더욱 겹겹이 펼쳐져 있었다. 떨어지면 뼈도 추리지 못할 만장절벽이지만, 빠져나갈 곳은 오직 그곳뿐이기 때문이었다.

천아성이 그들 쪽으로 천천히 걸음을 옮겼다.

포위망을 형성한 사내들은 조금도 동요하지 않고 제자리를 지켰다. 단 한 발짝도 물러서지 않겠다는 의지로 불타오르고 있었다.

그 태도에 천아성이 희미하게 웃었다.

"내게 고상한 죽음을 허락하지 않을 텐가?"

자조적인 웃음을 받은 것은 무인들 사이를 가르고 나온 두 노인이었다.

"한평생 고상하게 사셨지 않으시오?"

천아성이 두 노인을 응시했다. 한눈에도 범상치 않은 그들은 그야말로 초절정에 이른 고수들이었다.

그들이 바로 사악련이 자랑하는 최고수들 검신과 검귀였다.

검신과 검귀는 한평생을 함께 한 친구였는데, 검신이 다소 내성적인 성격이라면 검귀는 그에 비해 외향적이었다.

방금 전 대답한 노인이 바로 두 사람 중 검귀였다.

천아성이 담담히 물었다.

"뉘신가?"

"검귀요."

"검신검귀의 그 검귀?"

"알아주시니 영광이외다."

물론 천아성은 그들에 대해 잘 알았다. 부상을 당하지 않았더라도 제법 손발을 놀려야 끓릴 수 있는 자들이었다. 한데 이렇게 극심한 부상을 당한 몸으로 그들을 상대할 순 없었다.

'이대로 끝인가?'

천아성은 왠지 마음이 싱숭생숭했다. 한 번도 죽음을 두려워해 본 적이 없었다. 한데 죽음 앞에 서자 마음이 흔들렸다. 진짜 죽음을 대면해 본 적이 없었기에, 죽음이 두렵지 않다는 말을 할 수 있었던 것이다.

천아성이 고개를 돌려 저 멀리 건너편 절벽을 응시했다.

경치가 아주 좋았다. 그리고 보니 사악련 쪽의 산세가 신군맹의 그것보다 더 아름다운 것 같았다. 시간이나 여건이 허락한다면 중원 곳곳의 명산구경이나 하고 싶다는 생각이 들었다. 물론 지금의 상황에서 그것은 헛된 꿈에 불과했다.

그때 무인 하나가 나섰다.

천천히 검을 뽑고 다가서는 그를 향해 천아성 ㅇ가락을 내밀었다.

퍽!

천아성의 지풍에 사내가 이마에 구ㅁ ㅡ러졌다.

또 다른 무인이 나섰다.

퍽!

마찬가지로 이마에 구멍이 뚫린 채 쓰러졌다. 그들은 일류 고수들이었지만 피할 시늉조차 할 수 없었다.

저토록 깊은 부상에도 저런 신위를 발휘할 수 있다는 사실에 검신과 검귀는 존경심이 들었다.

"얼마나 견딜 수 있을지 보겠소."

검신의 말에 천아성이 대답했다.

"꼭 이렇게 수모를 주어야겠나?"

그러자 검귀가 대답했다.

"수모라니요? 이런 상황에서 겁쟁이처럼 이렇게까지밖에 못하는 우리 신세가 수모지요."

또 다른 무인이 걸어나왔다. 그들은 한꺼번에 덤비지 않았다. 다시 세 명의 무인이 연이어 쓰러졌다.

차라리 내력을 집중하면 한 수에 훨씬 더 많은 사악련 놈들을 없앨 수도 있을 것이다.

하지만 천아성은 그러지 않았다. 그럴 만한 의미가 없었다. 이곳을 벗어나지 못한다면… 그렇게 발악하며 최후를 맞… 않았다. 그걸 알았기에 검신과 검귀는 무인들을 하나씩… 내보내고 있었던 것이다. 이것은 일종의 의식과도 같았…

그때…

"이 악차내 하나가 나섰다.

… 원수를 갚겠다!"

"검귀요."

"검신검귀의 그 검귀?"

"알아주시니 영광이외다."

물론 천아성은 그들에 대해 잘 알았다. 부상을 당하지 않았더라도 제법 손발을 놀려야 뚫릴 수 있는 자들이었다. 한데 이렇게 극심한 부상을 당한 몸으로 그들을 상대할 순 없었다.

'이대로 끝인가?'

천아성은 왠지 마음이 싱숭생숭했다. 한 번도 죽음을 두려워해 본 적이 없었다. 한데 죽음 앞에 서자 마음이 흔들렸다. 진짜 죽음을 대면해 본 적이 없었기에, 죽음이 두렵지 않다는 말을 할 수 있었던 것이다.

천아성이 고개를 돌려 저 멀리 건너편 절벽을 응시했다.

경치가 아주 좋았다. 그러고 보니 사악련 쪽의 산세가 신군맹의 그것보다 더 아름다운 것 같았다. 시간이나 여건이 허락한다면 중원 곳곳의 명산구경이나 하고 싶다는 생각이 들었다. 물론 지금의 상황에서 그것은 헛된 꿈에 불과했다.

그때 무인 하나가 나섰다.

천천히 검을 뽑고 다가서는 그를 향해 천아성이 손가락을 내밀었다.

퍽!

천아성의 지풍에 사내가 이마에 구멍이 난 채 쓰러졌다.

또 다른 무인이 나섰다.

퍽!

마찬가지로 이마에 구멍이 뚫린 채 쓰러졌다. 그들은 일류 고수들이었지만 피할 시늉조차 할 수 없었다.

저토록 깊은 부상에도 저런 신위를 발휘할 수 있다는 사실에 검신과 검귀는 존경심이 들었다.

"얼마나 견딜 수 있을지 보겠소."

검신의 말에 천아성이 대답했다.

"꼭 이렇게 수모를 주어야겠나?"

그러자 검귀가 대답했다.

"수모라니요? 이런 상황에서 겁쟁이처럼 이렇게까지밖에 못하는 우리 신세가 수모지요."

또 다른 무인이 걸어나왔다. 그들은 한꺼번에 덤비지 않았다. 다시 세 명의 무인이 연이어 쓰러졌다.

차라리 내력을 집중하면 한 수에 훨씬 더 많은 사악련 놈들을 없앨 수도 있을 것이다.

하지만 천아성은 그러지 않았다. 그럴 만한 의미가 없었다. 어차피 이곳을 벗어나지 못한다면… 그렇게 발악하며 최후를 맞고 싶진 않았다. 그걸 알았기에 검신과 검귀는 무인들을 하나씩, 하나씩 내보내고 있었던 것이다. 이것은 일종의 의식과도 같았다.

그때 또 다른 사내 하나가 나섰다.

"이 악적! 동료들의 원수를 갚겠다!"

검신과 검귀마저 실소했다. 아무리 같은 편이지만 손가락질 한번에 죽을 목숨이 천아성을 상대로 저런 말을 한다는 것이 참으로 어리석게 느껴진 것이다.
　사내가 힘차게 발을 구르며 천아성을 향해 검을 휘둘렀다.
　쿠웅—!
　사내의 진각에 땅이 뒤흔들리며 자욱한 흙먼지가 피어올랐다.
　그와 동시에!
　쐐애애애애액!
　강기가 휘몰아치는 소리가 들렸다.
　"크아아악!"
　그리고 이어지는 비명 소리들!
　"이런 미친!"
　검신과 검귀는 경악했다. 무슨 상황인지 판단이 되지 않았다. 일개 사악련 무인의 진각에 지진이 난 듯 지축이 흔들렸고, 순간 시야가 가려졌다.
　다음에 이어진 것은 비명 소리였다.
　검귀가 소리쳤다.
　"모두 제자리를 지켜라!"
　흙먼지가 가라앉자 장내의 상황이 드러났다.
　그 끔찍한 광경에 일반 무인들은 물론이고 검신과 검귀까지 경악했다.

절벽 쪽에 서 있던 무인들이 모두 몸이 양단되어 흩어져 있었던 것이다. 엄청난 강기가 그들을 휩쓸어 버린 것이다.

검귀가 놀라 소리쳤다.

"놈이 없네."

마치 연기가 되어 사라진 것처럼 천아성이 없었다.

"놈을 찾아라!"

검귀의 명령에 주위의 무인들이 동요했다. 수백 명의 무인들이 겹겹이 포위한 상태였다. 빠져나갈 곳은 없었다.

수하 하나가 소리쳤다.

"그자도 없습니다!"

천아성을 베겠다고 나선 그놈도 보이지 않았다.

"놈이야! 놈이 그를 구해갔어!"

검신의 말에 검귀가 놀라 소리쳤다.

"그렇다면 절벽, 절벽이다!"

두 사람이 절벽으로 달려갔다. 까마득히 먼 절벽 아래에는 아무것도 보이지 않았다.

"설마 뛰어내린 것일까?"

이 말도 안 되는 상황에 두 사람은 여전히 어리둥절한 상태였다.

"이곳에서 떨어졌다면 어차피 가루가 되었을 것이네."

검귀의 자신있는 말에도 검신은 고개를 내저었다. 그런 엄청난 신위를 발휘한 자가 죽으려고 몸을 던졌을 리 없었다.

"놈은 살아 있어. 쫓아야 해!"

검신이 망설이지 않고 절벽 아래로 몸을 던졌다.

"젠장!"

검귀가 하기 싫은 일을 억지로 하는 꼬맹이처럼 인상을 쓰며 절벽 아래로 뛰어내렸다.

    *   *   *

천아성을 업은 적호가 계곡을 내달리고 있었다.

앞서 나서서 복수를 하겠다고 소리친 사악련 무인은 바로 적호였다. 천라지망을 뚫은 적호는 연이 알려준 곳에서 비선망과 접선했다. 사악련 무인들의 움직임에 대한 정보를 얻은 적호는 역으로 그들을 감시했고, 이윽고 그들이 앞서의 산 정상으로 모여들고 있다는 것을 알아차렸다.

워낙 많은 무인들이 모여 있었기에 그들 속으로 은밀히 섞여 들어가는 것은 어렵지 않았다.

전각으로 땅을 흔들기 전, 적호는 천아성에게 엎드리란 전음을 보냈다. 천아성은 대번에 상대가 적호임을 알아차렸고, 적호의 의도대로 움직여 주었다. 그리고 검강이 주위를 휩쓸던 그 순간, 번쩍하며 달려든 적호가 천아성을 안고 그대로 절벽으로 뛰어내린 것이다. 천아성은 그를 믿고 몸을 맡겼다.

타타타타탁!

극성에 달한 적호의 신법이었다. 천아성을 업고 있었지만 순식간에 공간을 가로질러 나아가고 있었다.

내력이 바닥날 때까지 적호는 쉬지 않고 달렸다. 적호는 내력을 아껴가며 달리는 것보다 차라리 다 소모하고 다시 회복하는 쪽을 선택했다. 최대한 빨리 달아나서 추적의 단서를 최소화하려는 의도였다.

일 할 정도의 내력이 남았을 때, 적호가 멈춰 섰다.

숲 한쪽 풀숲에 정신을 잃은 천아성을 조심스럽게 눕혔다.

그리고는 선 채로 운기조식을 시작했다. 그 와중에도 시선은 주위를 날카롭게 살피고 있었다.

그렇게 진기를 일주천했을 때, 뒤에서 천아성의 목소리가 들려왔다.

"나 좀 일으켜 주게."

"깨셨습니까?"

천아성이 몸을 일으키려 했다.

그의 몸상태는 그야말로 최악이었다. 그가 움직일 상황이 아님을 알았지만 적호는 두말 않고 그를 부축해 주었다. 괜찮냐는 물음은 생략했다.

"누군가 온다면 그것이 자네일 줄 알았지."

천아성의 말에 적호가 미소를 지었다. 적호는 그가 살아 있어서 기뻤다. 그가 의도했던 의도하지 않았던 그에게 배운 것이 많았다. 덕분에 무공이 향상되었고, 덕분에 목숨을 건지기도 했다. 그 빚을 갚는 중이었다.

"아프군."

천아성이 천천히 자신의 가슴에 손을 대었다. 그의 온몸은 시커먼 피멍이 들어 있었는데 문제는 외상이 아니라 내상이었다.

가슴을 어루만지는 그 행동이 마치 몸이 아픈 것이 아니라 마음이 아픈 것처럼 보였다.

적호는 천아성이 능풍비보다 무공이 약해서 당한 것이 아니란 것을 알았다.

대체 그는 어떤 함정에 빠진 것일까?

그 의문에 대답이라도 하듯 천아성이 지금껏 펴지 않았던 왼쪽 주먹을 폈다. 그의 왼손은 시커멓게 변해 있었고 그 손바닥 위에 빛바랜 목걸이가 있었다.

"맹주님!"

적호가 깜짝 놀랐다.

"괜찮네. 독을 한곳에 몰아두었으니."

몰아만 두었을 뿐, 몸 밖으로 내보내지 못하고 있었다. 달리 말하면 스스로 독을 해독하거나 배출해 낼 수 없을 정도로 강력한 독이란 뜻이었다. 천아성이라면 웬만한 독은, 아니, 강호에 존재하는 모든 독은 모두 해독할 수 있을 것이라 생각했다.

하지만 지금 중독된 천사독은 사악련에서 오랫동안 준비한 독이었다. 천아성을 죽일 수는 없었지만, 적어도 한쪽 팔을 못

쓰도록 제압할 위력은 발휘한 것이다.

아니나 다를까, 천아성이 손바닥을 펴는 것만으로도 적호는 현기증이 나고 숨이 막혀왔다.

적호가 재빨리 피독주를 꺼내 물었다.

그제야 진탕되려는 속이 진정되었다. 피독지환까지 끼고 있음에도 이 정도니 그 위력이 얼마나 대단한지 알 수 있었다.

"지금 당장 독부터 배출해 내야겠습니다. 제가 돕겠습니다."

"그래 주겠나?"

어쩐 일인지 천아성이 순순히 도움을 받아들였다.

적호가 천아성의 등에 내력을 주입했다.

천아성의 혈맥을 따라 적호의 내력이 흘렀다.

천아성의 내부는 엉망진창이었다. 보통 사람이라면 절대 살아 있을 수 없는 내상이었다. 조심스럽게 천아성이 적호의 내력을 안내했다. 그 과정은 실로 위태로웠다. 마치 한 발짝이라도 잘못 밟으면 영원히 빠져나올 수 없는 진법을 걷는 심정이었다.

이윽고 끊어질 듯, 미약하게 이어진 혈맥을 따라 적호의 내력이 천아성의 왼쪽 팔에 이르렀다.

"준비되었네."

"그럼 가겠습니다."

쏴아아아아악!

적호의 내력이 천아성의 손끝으로 밀려들었다.
퍼억!
손가락 끝이 터져 나가며 핏물이 쏟아졌다.
치이이이익!
지독한 독기에 적호가 천아성을 감싸 안으며 뒤로 물러났다.
얼마나 독한지 독은 땅을 녹이며 파고들었다.
"쿠에에엑!"
다시 천아성이 피를 토해냈다. 그러자 천아성의 안색이 한결 나아졌다. 몸 안의 독을 완전히 배출해 낸 것이다.
"고맙네."
"별말씀을요. 당연히 해야 할 일입니다."
보통 고수라면 시도조차 힘든 상황이었다.
그리고 고마워해야 할 사람은 적호였다. 천아성의 혈맥을 따라 움직이면서 스스로 느낀 바가 컸다. 큰 내상을 당했을 때, 천아성이 스스로 어떻게 혈맥을 관리해서 살아남을 수 있었는지를 배울 수 있었던 것이다. 근래 혈도탈태를 했기에 이번 경험은 더욱 소중했다.
적호가 혈도를 짚어 천아성의 손가락을 지혈했다. 독을 배출했지만 천아성의 상세는 여전히 위중했다.
천아성이 힘겹게 말했다.
"앞으로 며칠간 난 깨어나지 못할 거네. 스스로 잠을 청해 내상을 치료해야만 하네."

강제적인 수면 상태에 빠져든다는 뜻이었다. 적호를 믿기에 가능한 치료였다. 가장 시급하고 또 유일한 치료법이었다.

적호가 자신있게 대답했다.

"저를 믿으시고 푹 주무십시오."

두 사람의 시선이 허공에서 얽혔다.

"고맙군."

"별말씀을요. 맹주님이 생각하시는 것보다 전 돈을 많이 받고 일하고 있습니다. 다 맹주님 돈이지요."

적호의 농담에 천아성이 피식 웃었다. 나이를 초월한 막역한 우정이 느껴졌다. 지금 상황에서 더 이상 말로 고마움을 전한다는 것은 그 소중한 감정을 훼손하는 것이리라. 천아성의 마음이 편안해졌고 이내 두 눈이 스르르 감겼다.

그가 완전히 잠이 든 것을 확인한 후 적호가 웃옷을 벗었다. 조심해서 천아성을 업고 겉옷으로 그를 질끈 동여맸다.

적호가 확신하듯 덧붙였다.

"깨어나실 즈음에는 우린 집으로 돌아가 있을 겁니다."

*   *   *

그로부터 일각 후, 그곳으로 검신과 검귀가 도착했다.

주변을 살피던 검신이 한쪽 바닥을 가리켰다.

"이곳에서 독을 배출했네."

과연 그곳에 독이 스며든 흔적이 있었다.

검귀의 눈빛이 가늘어졌다.

"대단하군."

그 독이 얼마나 극독인지 두 고수는 누구보다 잘 알았다.

추종술에 능한 검신이 다시 그 주위를 살피기 시작했다.

"떠난 지 얼마나 되었나?"

"일각 이상이네."

대답을 하면서도 검신은 주위를 세심히 살폈다.

절벽에서 곧장 뛰어내려 추적을 시작한 그들이었다. 두 사람의 실력이 아니었다면 뛰어내릴 수도 없는 절벽이었고, 검신의 대단한 추종술이 아니었다면 이곳까지 올 수도 없을 것이다.

부상자가 있으니 당연히 거리가 좁혀들어야 하는데 조금씩 멀어지고 있었다.

"신군맹에 이만한 고수가 있었던가?"

검귀의 말에 검신이 대답했다.

"신군맹의 늙은이들이 나섰을 수도 있지."

"장로들 말인가?"

"아니면 삼천의 늙은이들이거나."

"어쩌면."

하지만 그렇다고 하기에는 한 가지 의문이 남았다. 분명 앞서 절벽에서 천아성을 구해간 자는 젊은 사내였다. 신군맹의 늙은이들이 굳이 젊은 사내로 변장을 했을 이유가 무엇이란 말인가?

검귀가 입술을 지그시 깨물었다.

다 잡은 고기를 놓친 셈이었다. 검강을 날린 놈이 나서기 전에 서둘러 천아성을 없애 버렸어야 했다. 설마 방수가 같은 편으로 위장해 숨어 있으리라곤 상상도 못한 탓이었다.

"이번에 천아성을 놓치면 우린 큰 낭패를 당할 것이네."

어쩌면 목숨까지 내놓아야 할지 모른다는 걱정이 들었지만 그 말은 꺼내지 않았다.

"잡을 수 있을 것이네. 본 련의 모든 무인들이 동원되었어. 하늘로 치솟거나 땅으로 꺼지지 않는 한 놈들의 행적은 조만간 포착될 것이네."

"나도 그러길 바라네."

그때 조사를 마친 검신이 빠르게 한쪽 방향을 가리켰다.

"저쪽으로 달아난 것 같네."

검귀가 망설이지 않고 몸을 날렸다.

"가세!"

아슬아슬한 추격전은 그렇게 계속되고 있었다.

*　　　*　　　*

"경계망이 완성되었습니다."

수하의 빠른 보고에 추량이 단호히 말했다.

"절대 실수하면 안 돼!"

"애들에게 경계를 늦추지 말라고 단단히 일러두었습니다."

묵묵히 고개를 끄덕이면서도 추량은 여전히 심각한 표정이었다.

이번 작전은 자신이 사악련에 들어온 이후 가장 대규모 작전이었다. 그 말은 달리 말하자면 그만큼 중요한 작전이란 뜻이었다. 자신이 담당한 구역이 뚫린다면 그것은 곧 죽음으로 이어질 실수였다.

그나마 다행스런 점은 자신이 맡은 구역은 신군맹으로 향하는 곳이 아니란 점이었다. 오히려 반대로 사악련으로 들어가는 길목인 것이다. 신군맹과의 접경지역은 엄청난 숫자의 무인들이 진을 치고 있었다. 과장을 좀 보태자면, 사악련 무인들로 발 디딜 틈이 없을 정도였다. 그래도 후방 쪽은 한가했다.

길 한옆에 작은 천막이 세워지고 임시작전실이 꾸려졌다.

사악련 소속이 아닌 일반인들은 이번 사악련의 작전을 대규모 훈련으로 알았다. 사악련 측에서 그렇게 발표를 한 것이다. 훈련이야 가끔씩 있는 일이니 모두들 그런가 보다 생각했다.

임시작전실인 천막 안에서 추량이 탁자에 놓인 지도를 살피며 혹시 자신이 빠뜨린 것이 있는지 살폈다.

그러던 추량이 흠칫 놀랐다. 뭔가 심상치 않다는 생각에 검을 뽑아 들려는 그 순간.

퍽!

뒤통수가 시원해지며 사방이 어두워졌다.

추량이 바닥에 쓰러졌다. 그를 기절시킨 사람은 적호였다. 천막 밖에 경계를 서던 십여 명의 무인들 역시 모두 기절해 있었다.

그의 등에는 천아성이 업혀 있었는데 완전히 잠이 든 상태였다.

적호가 재빨리 탁자 위에 있는 지도를 살폈다. 인근의 경계 상황이 상세히 그려져 있었다.

지도를 내려다보던 적호가 활로를 살폈다. 주위를 살핀 후 밖으로 나가려던 적호가 발걸음을 멈췄다.

"가만!"

적호가 황급히 탁자로 돌아왔다. 지도를 내려다보는 적호의 눈빛이 깊어졌다. 뭔가 해결책을 찾아냈을 때 항상 보여주던 그 눈빛이었다.

* * *

진충이 백무성을 찾았을 때 그는 잔뜩 취해 있었다.

"으하하하! 그래서 그녀와 사랑에 빠졌지요. 모험을 더 즐기는 것이 남자보다 여인임을 잊지 마시오."

듣고 있던 사람들이 웃음을 터뜨렸다.

그곳은 바로 백무성이 가끔 가서 일을 하는 공사장이었다. 일과를 마친 인부들이 공터에 모여 앉아 술을 마시고 있었다.

"자, 이번에는 무슨 말씀을 해드릴까?"

언제부터 떠들어댔는지는 몰라도 듣고 있던 사람들은 백무성의 말을 건성으로 들으며 삼삼오오 자신들끼리 이야기를 나누고 있었다. 술이 취해서인지, 아님 애초에 그들이 듣던 말던 상관이 없었는지 백무성은 전혀 개의치 않았다.

검을 찬 진충이 등장하자 인부들이 대번에 분위기를 파악하고는 모두들 슬그머니 자리에서 일어났다.

"술 잘 얻어 마셨소."

"가지 마시오! 아직 해줄 말이 많이 남았소. 이제 시작인데 어디들 간단 말이오!"

"다음에 마십시다."

인부들이 우르르 그곳을 빠져나갔다.

백무성이 고개를 푹 숙인 채 히죽 웃었다.

"그럼 그러시든지."

백무성이 알아듣지 못할 말을 홀로 중얼거렸다.

어느샌가 진충이 나란히 앉았다.

"왔어?"

진충을 보지도 않으면서 백무성이 히죽 웃었다.

그 서글픈 눈빛에 진충의 가슴이 울컥 격동했다. 어떤 말로

도 그를 위로할 수 없다는 것을 알았다. 그래서 천아성 문제로 신군맹이 난리가 났음에도 그를 가만히 두었다. 하지만 더 이상 그를 방치해 둘 순 없었다.

"한잔할래?"

"전 됐습니다."

눈물이 나오려는 것을 진충이 어금니를 악물며 참았다. 지금은 울 때가 아니었다. 울기 위해 온 것이 아니니까.

그날 진충은 두 사람의 시체를 처리했다. 소운의 시체는 은밀한 장소에 가매장을 했고, 신영영을 비롯한 조충 등 그 수하들의 시체는 방부처리를 해서 따로 보관을 했다. 어떻게든 신영영의 죽음을 백무성과 관련되지 않은 것으로 처리해야 했다.

백무성이 무덤덤하게 말했다.

"둘째는 사매가 죽였고, 막내는 내가 죽였지. 넷째는 사매, 다섯째는 나. 여섯째는 누가 죽였더라? 누구였지?"

진충은 아무 대답도 하지 않았다.

"하긴! 알게 뭐야? 우리 둘 중 하나가 죽였겠지."

백무성이 키득키득 웃었다. 한참을 실성한 사람처럼 웃더니 갑자기 정색하며 물었다.

"막내 기억나지?"

"네."

"그 녀석은 매번 이 싸움에 끼어들지 않겠다고 했었지. 그냥 무관이나 하나 열어서 조용히 살고 싶다고. 생각나지?"

"네."

"그런 놈을 이 손으로 죽였어. 왜 죽였는지 알아? 혹시나 해서야. 혹시 저놈이 마음을 바꾸지 않을까? 혹시 저놈이 다른 사형제들과 손을 잡지 않을까? 혹시 저놈이 웃는 얼굴로 내 등에 비수를 꽂진 않을까? 혹시… 혹시… 혹시!"

백무성의 목소리는 격앙되어 있었고 현실 자체를 부정하려 했다. 그는 소운에 대해 언급하지 않았다.

"…그냥 살려뒀어도 됐을 텐데."

그 벌을 받았다고 생각하고 있었다. 그는 사형제들을 죽인 벌로 소운이 죽게 되었다고 생각했다.

진충은 잠자코 백무성의 말을 듣고만 있었다.

"이렇게 여기 앉아서 입만 나불거리고 있는 거지."

백무성이 다시 술을 들이켰다.

"정말 그 아이를 사랑했다면 따라 죽었어야 했는데. 용기가 없는 거지. 사랑이 부족한 거지."

"그러면 죽어서도 아이를 만나지 못할 겁니다."

백무성이 무서운 얼굴로 고개를 쳐들었다. 진충이 무뚝뚝하게 대답했다.

"하늘의 뜻을 거스르는 일이니까요."

진충은 두려웠다. 백무성이 해서는 안 될 선택을 할까 봐. 그래서 어떤 말을 해서든 그를 진정시키려 애썼다.

"가슴에 묻으십시오. 세상의 다른 부모들처럼 가슴에 묻으셔야 합니다."

"크으으윽."

백무성이 오열했다. 그녀의 죽음이 이렇게나 마음을 아프게 할 줄 미처 몰랐다. 어려서부터 키웠던 딸이 아니라 다 커서 올해 만난 딸이었다. 그런데도 가슴이 찢어질 것 같았다.

"눈을 감아도 그 아이의 모습이 떨쳐지지 않아."

"그럼 떨치지 마십시오. 영원히 기억하십시오."

"젠장! 제기랄! 그년의 핏줄을 모조리 죽여 버리겠어!"

백무성의 눈에서 살기가 솟구쳤다. 진심이었다. 검천을 모두 밀어버리면 이 답답한 심정이 사라질 것만 같았다.

"싹 밀어버리겠어. 더러운 핏줄들이야! 애들 다 모아! 동원할 수 있는 애들 다 모으라고!"

진충이 덤덤하게 대답했다.

"안 됩니다! 아직 우리에겐 검천을 상대할 힘이 부족합니다. 설령 운이 따른다 해도 공멸하게 될 겁니다."

"딸과 딸이 죽었어! 그냥 넘어갈 수 있는 일이 아니야."

"그래도 그냥 넘어가야 합니다!"

진충이 언성을 높였다.

두 사람의 시선이 얽혔다. 백무성도 알고 있었다. 진충의 말처럼 피해야 할 싸움이란 것을. 힘들게 후계자가 되었는데 이제 와서 모든 것을 버리고 파멸할 수는 없는 일이었다.

진충이 나직이 말했다.

"어떻게든 덮어야 합니다. 다른 누군가에게 그녀의 죽음을 뒤집어씌워야 합니다!"

하지만 상황은 진충이 생각하는 것보다 훨씬 급박하게 흘러가고 있었다.

"아직도 다른 보고가 없나?"

화종의 물음에 엄백양이 대답했다.

"네, 아직입니다."

사악련의 천라지망이 펼쳐진 지 벌써 며칠째였다.

급박한 상황이 계속되고 있었지만 다들 설마하는 마음이었다. 그야말로 천외천의 무공을 지닌 천아성이었다. 사악련이 어떤 음모를 꾸몄든, 그래서 천라지망을 다섯 겹이 아니라 열 겹을 쳤다 하더라도 천아성을 어쩌지 못할 것이란 믿음이 있었다. 지금이라도 당장 불쑥 저 문을 열고 천아성이 들어설 것만 같았다.

그때였다.

철컹, 그때까지 사악련에 고정되어 있던 벽의 기관이 갑자기 움직였다.

휘각의 작전실에 있던 핵심장로들을 비롯한 모두의 시선이 그곳으로 향했다.

기관이 움직여 맥 자 글자에 멈췄다.

쉭— 철컹.

제갈수연이 재빨리 보고서를 확인했다. 보고서를 읽던 그녀가 깜짝 놀라 고개를 쳐들었다.

"큰일 났습니다."

"뭔가?"

모두들 긴장한 채 그녀를 응시했다.

"대공자께서 신 부인을……."

제갈수연이 쉽게 말을 잇지 못했다.

불길한 마음으로 엄백양이 그녀를 재촉했다.

"신 부인을 어쨌다고?"

"…살해했답니다."

"뭣이?"

장로들이 벌떡 자리에서 일어났다.

"그 무슨 미친 소리냐?"

보고를 한 제갈수연도 혹시 자신이 잘못 읽었는지 다시 보고서를 확인했다. 자신이 미친 것이 아니라면 보고서의 내용은 방금 전의 그대로였다.

홍사백이 달려가 보고서를 뺏어 들었다.

그가 아래에 추가된 내용을 보고했다.

"진충이 신 부인의 시체를 처리하는 것을 본 목격자가 있습니다."

물론 그 목격자는 주화인이 심어둔 인물이었다. 진짜 소운은 자신이 데리고 있었다. 자신의 대역무인을 신영영에게 보낸 것도, 백무성에게 그 사실을 알려 그곳으로 오게 한 것도 모두 그녀였다.

여전히 장내는 어리둥절한 상황이었다.

"잘못된 보고일 겁니다."

주화인이 대수롭지 않게 말하자 모두들 고개를 끄덕였다. 사실 지금의 보고는 천아성을 잡기 위해 천라지망이 펼쳐졌다는 보고보다 훨씬 황당한 것이었다.

"그가 이곳에 나오지 않은 것도 그 때문인 것 아니오?"

화종의 의심에 주화인이 말했다.

"그럴 리가요. 전 절대 믿을 수 없어요. 사형은 절대 그럴 사람이 아니에요."

주화인이 강력하게 백무성을 옹호하고 나서자 화종이 의심을 거뒀다.

"당연한 말이지. 필시 잘못된 보고일 거네."

그때 또다시 보고서가 도착했다. 제갈수연이 다시 보고서를 빠르게 읽었다.

"조금 전 맹주전에서 신 부인의 시신을 수습했답니다."

순간 모두의 표정이 심각해졌다.

백무성이 후계자가 되었기에 그 가족과 관련된 일은 맹주전에서 나서는 것이다.

"그리고 신 부인이 죽기 전 마지막 만난 사람이 남편인 백

공자로 밝혀졌답니다."

"말도 안 되는 소리!"

착착 계획대로 진행되는 것에 신이 나서 춤이라도 추고 싶은 심정이었지만 주화인은 격앙된 어조로 목청을 높였다.

"뭔가 잘못되었을 겁니다."

장로들이 서로를 마주 보며 심각한 표정을 지었다. 대공자가 그녀를 죽였던, 죽이지 않았던 검천의 장녀가 죽은 것이다. 검천주 신패극이 그냥 있을 리 없었다.

그때였다. 슁— 또다시 보고서가 도착했다.

"검천의 무인들이 대공자를 찾아 나섰답니다."

"검천에도 소식이 들어갔단 말인가?"

"그런 것 같습니다."

작전실에 무거운 침묵이 흘렀다.

"본 맹의 무인들을 풀어 사형을 구해야 해요."

백무성의 위기를 반길 줄 알았는데, 의외로 주화인은 적극적으로 백무성을 구하려 들었다. 모두들 의외란 마음이 들었다.

하지만 겉으로 보여지는 그녀의 모습은 백무성을 진심으로 아끼는 모습이었다.

"이대로라면 검천의 무인들에게 사형은 죽고 말 거예요."

충분히 그럴 가능성이 있는 말이었다. 신군맹의 세력 중 가장 강한 힘을 지닌 곳이 검천이었으니까.

"하지만 백 공자를 구하려면 검천과 충돌을 해야 할 수도 있소."

"당연히 그렇게 되겠지요."

모두들 심각한 표정을 지었다.

주화인이 빠르게 말했다.

"검천과 충돌하면 도천과 권천까지도 나서서 검천을 도울 거예요. 평소에는 그들의 사이가 나쁘지만 그들은 삼천이란 하나의 이름으로 묶여 있으니까요. 입술이 없으면 이가 시린 법이지요. 하지만 그렇다고 이대로 사형이 죽는 것을 볼 수는 없어요."

주화인이 강공을 펼치려 하자 오히려 장로들이 움츠러들었다.

"물론 그렇소. 하지만 무작정 개입하는 것도 옳은 일은 아니란 생각이오."

그것이 주화인이 노린 결과기도 했다. 청개구리 같은 늙은이들은, 자신이 백무성을 방치하자 했으면 분명 그를 구하려고 했을 것이다.

"더구나 맹주님의 안위까지 불분명한 시점이 아니오? 이런 상황에서 삼천과 충돌이라니요? 아니 될 말입니다!"

일부러 삼천을 언급한 그녀였다. 사실 검천과 충돌하더라도 도천과 권천이 검천을 도울지는 알 수 없는 일이었다. 오히려 수화인은 그 반대라 생각하고 있었다. 이번 기회에 검천을 제거하려 들 것이라 판단했다.

 그랬기에 먼저 나서서 그들이 검천을 도울 것이라 언급한 것이다. 모두들 그것을 확신하진 못하겠지만, 적어도 검천과 맞설 수도 있다는 의견은 나오지 못하게 봉쇄한 것이다. 모든 것이 그녀의 생각대로 흘러가고 있었다.

 "일단 사형에게 기별을 보내죠. 빨리 신군맹으로 복귀하라고."

 "그게 좋겠네. 자네가 그 일을 맡아주게."

 모두들 그 일을 맡으려 들지 않았다. 신군맹 대공자의 생사와 관련된 일이었다. 괜히 나서는 것보단 한발 물러나 있는 것이 올바른 처신이었다.

 "그러죠, 제가 알리겠어요."

 작전실을 나선 그녀의 입가에 모든 것이 순조롭게 진행 중임을 알리는 미소가 지어졌다.

 하지만 다른 사람 눈에는 급박한 표정과 발걸음이 먼저 눈에 들어왔기에 그녀의 감정을 알아보는 사람은 아무도 없었다.

第七十九章
성동격서

절대
강호

적호가 날렵한 신법으로 담장을 넘었다.

그곳은 저잣거리에서 조금 떨어진 변두리의 작은 의원이었다.

적호는 조금도 지치지 않았다. 천아성을 업고 쉬지 않고 이동하고 있었지만 아직 제대로 내력을 소모해야 할 고수를 만나지 않은 덕분이었다.

마당에 내려선 적호가 빠르게 주위를 살핀 후, 한옆에 세워진 창고로 들어갔다. 문이 잠겨 있었지만 빗장은 소리없이 부서졌다.

짐작대로 그곳은 약재창고였다. 적호가 빠르게 약재를 뒤졌다.

한참을 그렇게 약재를 뒤지던 적호의 표정이 굳어졌다.

적호가 문틈으로 밖을 쳐다보았다. 눈에는 아무것도 보이지 않았지만 담 너머로 수십 개의 기운을 읽었다.

당황함 대신 적호의 입가에 미소가 지어졌다.

일부러 흔적을 남겨 이곳으로 그들을 끌어들인 것이다. 자신의 계획대로 일은 진행되고 있었다.

적호가 창고 문을 열고 밖으로 나갔다.

사방에서 수십 명의 무인들이 모습을 드러냈다.

그 가운데 선 중년 사내가 추격자들의 수장 허신(許迅)이었다.

"달아날 길은 없다! 투항하라!"

적호가 대답 대신 참혼을 뽑았다.

"죽음을 자초하는군."

여유롭게 말하고 있었지만 내심 허신은 초조해하고 있었다.

최대한 시간을 끌어 지원을 기다리고 싶었는데 상대의 반응이 너무나 빨랐다. 약초창고에서 좀 더 있어주기를 바랐는데, 상대는 자신의 생각보다 훨씬 빨리 밖으로 나온 것이다.

"너를 잡기 위해 누가 나섰는지……."

허신이 시간을 끌기 위해 대화를 시도하던 그때였다.

쉬이익!

적호가 허신을 향해 몸을 날렸다.

"막아!"

수하 둘이 허신 앞으로 몸을 날리는 순간.

퍽! 퍼억!

두 수하가 허무하게 튕겨져 나가는 모습이 허신의 시야에 들어왔다.

순간 허신에게 떠오른 생각은 하나였다.

'빠르다!'

다음 순간.

푸우욱!

가슴이 화끈해졌다. 단 일 수에 허신이 절명했다. 실력을 감추지 않은 적호의 신위는 그야말로 대단했다.

사방에서 사악런 무인들이 일제히 달려들었다.

쉭쉭쉭쉭쉭!

적호의 검이 허공을 갈랐다.

검이 허공을 스칠 때마다 사내들의 비명이 터져 나왔다.

다섯 명의 무인들을 일수에 벤 후 적호가 문으로 걸어나갔다. 살아남은 무인들이 달려들려던 순간, 적호가 휙 돌아섰다.

적호와 눈이 마주친 순간 모두들 얼어붙었다. 더 이상 쫓지 마란 경고였다.

다음 순간 순식간에 적호가 시야에서 사라졌다.

앞서의 엄청난 한 수만큼이나 놀라운 경신법이었다.

정예라 불리는 그들이었지만, 적어도 지금 이 순간 아무도 움직이는 이가 없었다.
 잠시 침묵이 흐른 후. 그들 중 하나가 소리쳤다.
 "빨리 쫓아라! 그리고 탈출 방향을 보고해!"

*　　*　　*

 "아쉽군."
 찻잔을 내려다보던 종리문이 자신도 모르게 내뱉었다. 검신과 검귀가 천아성을 죽였다면 모든 일이 순조로웠을 것이다. 천아성이 없는 신군맹이라면… 능풍비가 그렇게도 바라는 사도천하는 헛된 꿈만은 아닐 것이다.
 옆에 서 있던 학순이 조심스럽게 말했다.
 "검신과 검귀가 뒤쫓고 있으니 곧 찾아낼 것입니다. 놈들을 찾는 것은 시간문제입니다."
 종리문이 고개를 끄덕였다.
 "그래야지."
 대답과는 달리 종리문의 표정은 어두웠다. 천아성을 구해간 놈이 자꾸 마음에 걸렸다. 다섯 겹의 천라지망을 뚫고, 검신과 검귀가 버젓이 두 눈을 뜨고 있는 곳에서 천아성을 구해갔다. 그런 대단한 자가 신군맹에 있었다는 것을 몰랐다는 것도 신경이 쓰였다.
 그때 수하가 새로운 소식을 전했다.

"련주님께서 무사히 본단에 도착하셨습니다."

종리문이 안도의 한숨을 내쉬었다.

이번 싸움으로 능풍비 역시 부상을 당했다. 물론 천아성에 비해서는 경상이라 할 수 있지만, 그건 상대적인 것이고, 능풍비 역시 한동안 요양을 해야 할 상태였다.

자신이 생각할 때 능풍비는 제 역할을 다 해냈다.

제대로 마무리를 짓는 것은 자신의 역할이 되어야 했다.

'그를 잡아 죽이지 못하면, 정사대전이 발생할 수도 있다. 아니, 반드시 발생하게 될 것이다.'

그것이 종리문의 결론이었다.

"천아성을 죽이면 우리가 해야 할 일이 무엇이라고 생각하나?"

종리문이 불쑥 물었다. 갑작스런 질문이었음에도 학순이 망설이지 않고 대답했다.

"곧장 본 련을 전시체제(戰時體制)로 돌려야겠지요."

"계속 얘기하게."

"천아성의 죽음을 전 강호에 알려야지요. 그의 죽음은 정파인들에게 큰 충격과 패배감을 안겨줄 겁니다. 나아가 공포심을 조장해야겠지요. 그렇게 된다면 그들과의 싸움에 있어 우리의 승산이 육 할에 이를 겁니다."

"천아성이 죽었는데도 고작 육 할인가?"

"정파의 저력을 무시해선 안 된다고 배웠습니다."

성동격서 247

가르친 사람이 자신이었으니 종리문은 그저 희미하게 웃을 뿐이었다.

학순이 계속 말을 이었다.

"다음으론 저들의 내부를 흔드는 것입니다."

"어떻게?"

"천아성이 죽으면 대공자의 후계자 자리가 흔들리게 될 겁니다. 은밀히 삼공녀를 지원해서 내부 분열을 조장하는 겁니다."

학순은 자신만만하게 자신의 생각을 밝혔다.

"그것은 자네가 총군사가 되었을 때 하게."

의아한 표정을 짓는 학순에게 종리문이 담담히 말했다.

"천아성을 죽이면 우린 그를 죽였다는 것을 극구 부인할 것이네."

"네?"

학순이 깜짝 놀랐다. 정파인들의 기를 죽이고 사파 무인들의 사기를 드높일 절호의 기회를 왜 버리는지 이해할 수 없었다.

"천아성이 죽으면 권력다툼이 극에 달할 것이라 했나? 그건 그들을 모르고 하는 소리네. 천아성의 죽음이 전해지면 더 이상 그들은 권력싸움을 하지 않을 것이네. 그리고 나란히 머리를 맞대고 앉아 천아성의 죽음을 어떻게 이용할 것인지를 의논할 거네."

학순이 생각지 못한 부분이었다. 설명을 들어도 그에 대해 완벽히 납득되지 않았다.

종리문이 웃으며 물었다.

"왜인지 아는가?"

"모르겠습니다."

"그들은 바보가 아니거든."

마치 자신이 바보가 된 것 같아 학순의 얼굴이 붉어졌다.

하지만 지금 이 순간 종리문은 그를 질책하고 있지 않았다. 학순이 미처 생각지 못한 부분을 짚어주고 있었다.

"그들은 천아성의 죽음을 최대한 이용할 거네. 좌절? 패배감? 물론 그런 마음도 들겠지. 하지만 결국 정파인들은 한 가지 감정으로 통일될 거네."

"무엇입니까?"

"분노."

"……!"

"그들은 그 분노를 복수심으로 이끌어가겠지. 그리고 단언하건대 우린 그 복수심을 결코 감당해 내지 못할 것이야. 정파인들이 가장 큰 힘을 낼 때가 바로 명분을 가졌을 때니까."

학순이 탄식했다. 미처 자신은 생각지도 못한 부분이었다.

"그럼 그의 죽음을 부인하는 이유가 그 복수심의 칼날을 피하기 위함입니까?"

"그런 셈이지. 하지만 그보다 더 현실적인 이유가 있지."

"그게 무엇입니까?"

"그를 실종으로 처리해야 하니까."

"네?"

"정파인들이 좌절하게 만들려면 그를 죽일 것이 아니라 실종이 된 것으로 만들어야 하네. 그의 실종은 정파인들을 초조하게 만들고 맥빠지게 만들 거네. 그의 성격을 미뤄볼 때, 어디론가 훌쩍 떠나 버렸다는 것은 충분히 있을 만한 일이지."

"그렇지요."

"큰일이 벌어져도 돌아오지 않는 무신이라면? 정사대전이 발발해도 돌아오지 않는 무신이라면?"

"그때야말로 그들은 크게 배신감을 느끼겠군요."

"바로 그것이네."

종리문이 자리에서 일어나 창가로 걸어갔다. 학순이 조심스럽게 그 뒤에 시립해 섰다.

종리문이 담담히 말했다.

"그가 죽으면 우린 어떻게든 전쟁이 일어나지 않게 하려고 애써야 하네. 지금 하는 전쟁은 필패가 될 테니까. 하지만 언젠가 우리가 주도하는 전쟁이 일어난다면, 우린 반드시 승리할 것이네. 그래서 반드시 천아성을 죽여야 하는 것이네."

학순이 존경의 마음을 담아 허리를 숙였다.

그때 수하 하나가 빠르게 소리쳤다.

"급보입니다!"

급보란 말에 종리문이 홱 돌아섰다.
"뭔가?"
"천아성의 행적이 발견되었습니다!"
"어디냐?"
"이곳입니다."
수하가 재빨리 지도에 그 위치를 찍었다.
"이곳에서 약초를 구하고 있었습니다."
"과연 그랬군."
종리문이 의미심장한 눈빛을 했다. 하지만 이미 인근의 모든 의원에서 약초를 모두 회수한 상태였다. 천아성을 놓쳤다는 보고를 듣고 곧바로 조치한 일이었다.
"그들은 어느 쪽으로 갔나?"
"확실하진 않지만 이쪽 방향으로 추정됩니다."
수하가 지도상에 한 지점을 지목했다. 그들은 점점 더 사악련 영역으로 들어오고 있었다. 분명 탈출을 위한 움직임이 아니었다.
"그쪽으로 의원이 몇 개나 있지?"
"모두 아홉 개입니다. 이미 그곳의 약초들도 저희가 모두 거둬들인 후입니다."
"인근의 모든 약초꾼들을 감시해라. 의원으로 그 어떤 약초도 제공되어선 안 된다. 절대 천아성이 회복되면 안 돼!"
"알겠습니다."

천아성의 부상이 깊은 것이 확실했다. 그렇지 않다면 사악련 영역으로 더욱 깊숙이 들어올 까닭이 없었다. 위험을 감수할 만큼 천아성의 상태가 좋지 않다는 뜻이었다. 운 좋게 약초 몇 뿌리를 구할 순 있겠지만, 천아성의 내상을 생각할 때 그것으로 그를 고치기는 불가능할 것이다.

'이렇게 되면 시간은 우리 편이다!'

종리문이 깊어진 눈빛으로 벽의 지도를 응시했다. 수백 개의 깃발이 신군맹으로 향하는 길목 곳곳에 빼곡히 박혀 있다.

"네게 줄 약초는 도라지 한 뿌리도 없다."

*   *   *

"빌어먹을! 허탕입니다."

도철(刀哲)이 투덜거리며 건물 안으로 들어섰다.

구석자리에 앉아 장부를 기입하고 있던 노인은 성 노대였다. 꼬장꼬장한 성격이 엿보이는 눈매와 입매는 보는 사람을 주눅 들게 하기에 충분했다.

"청부자가 안 나왔다고?"

성 노대의 물음에 도철이 고개를 끄덕였다.

"네, 반 시진이나 기다리다 왔습니다."

"그래?"

성 노대가 고개를 갸웃했다.

"그럴 리가 없는데."

그곳으로 또 다른 사내가 들어섰다. 그는 도철을 호위하러 나간 임양(林亮)이었다.

성 노대가 임양에게 눈빛으로 물었다. 혹여 농땡이 치기를 좋아하는 도철이 노름이라도 하다 늦은 것이 아니냐는 물음이었다.

임양이 가만히 고개를 끄덕이며 도철의 말이 사실임을 말했다.

"그렇다면 이상하군. 정확히 우릴 아는 자의 청부였는데."

성 노대는 바로 정보 상인이었다.

강호에는 다양한 정보 상인들이 존재했는데, 성 노대는 천이문(千耳門) 소속이었다. 천이문은 중원 각지에 지부를 둔 가장 큰 정보단체 중 하나였다.

"확실히 제대로 된 절차를 거쳐서 들어온 겁니까?"

"그렇다니까."

"뭐, 사정이 생긴 것이겠지요."

물론 그럴 것이다. 약속 장소에 나타나지 않으면 애초 계약금으로 건 돈을 모두 날리게 되기 때문이었다.

그때였다. 조용히 문이 열리며 그곳으로 누군가 들어섰다.

등장한 인물에 장내의 인물들이 크게 놀랐다.

스릉!

성동격서 253

가장 먼저 반응한 것은 임양이었다.

"누구냐?"

그들이 이곳에 들어섰다는 것은 바깥의 경계를 서던 이들이 모두 당했다는 것을 의미했다.

천아성을 업은 적호가 그곳으로 들어선 것이다.

쉬이익!

일언반구 없이 임양이 적호를 향해 검을 찔러 넣었다.

파곽!

임양의 신형이 검을 내지른 그대로 멈췄다.

적호의 일수에 마혈을 제압당한 것이다. 임양이 믿을 수 없다는 표정으로 빗나간 자신의 검끝을 응시했다.

도철이 경악하며 외마디 비명을 내질렀다.

"헙!"

임양이 얼마나 고수인지는 누구보다 자신이 잘 알았다. 실제 임양은 일류 중에서도 무르익은 실력을 지닌 일류였다.

어쩔 줄 몰라 하는 도철에 비해 성 노대는 침착했다.

자리에 앉은 채 그가 나직이 물었다.

"뉘신가?"

신호를 보내면 천장에서 고수 넷이 내려올 것이다. 하지만 성 노대는 그들을 부르지 않았다. 임양을 단 한 수에 제압하는 상대라면, 그들 넷 역시 마찬가지 신세가 될 것임을 알기 때문이었다.

"청탁을 하러 왔소."

"혹시 오늘 본 문에서 만나기로 한 사람이 그대인가?"

적호가 고개를 끄덕였다. 성 노대의 표정이 굳었다. 아마도 도철의 뒤를 밟아 이곳까지 찾아온 듯 보였다. 결국 상대의 목적은 바로 자신인 것이다.

"노부를 찾아온 건가?"

"이곳의 책임자가 그대라면, 맞소."

"책임자를 찾은 이유가 뭔가?"

"저 사람은 알려주지 않을 정보가 필요하오."

"그게 무엇이길래?"

적호가 임양의 혈도를 풀어준 후 성 노대가 앉아 있는 자리의 천장을 스윽 쳐다보았다.

성 노대는 그것이 무슨 뜻임을 단번에 알아차렸다. 피를 볼 생각이 없으니 주위를 모두 물려달란 뜻이었다.

잠시 적호를 응시하던 성 노대가 명령을 내렸다.

"모두 물러가거라."

"노대! 안 됩니다!"

임양이 다시 검을 세운 채 성 노대 앞을 지키듯 막아섰다.

"걱정 말고 물러가거라."

성 노대가 임양을 비롯해 방 안의 모두를 물렸다.

"왜 나를 찾았나?"

"한 가지 정보를 알고 싶소."

"무엇인가?"

"이곳 사악련 지단의 위치."

"뭣이?"

성 노대의 안색이 굳어졌다.

"우린 모르네!"

당연히 그런 줄 알고 찾아왔다. 그랬기에 지부를 직접 찾아온 것이다. 앞서 만나기로 도철을 아무리 족쳐도 절대 알아낼 수 없는 고급정보인 것이다.

차앙!

적호가 검을 뽑았다. 시퍼런 살기가 뿜어져 나왔다.

"뭐, 뭐하려는 겐가?"

공포에 질린 성 노대의 목소리가 떨렸다.

"다 없애고 정보를 뒤질 것이오. 그래서 없으면 당신들 다음 지부를 찾을 것이오. 거기서 다시 알아보겠소."

"뭣이?"

적호가 성큼성큼 다가섰다. 머리 굴릴 시간을 주지 않기 위함이었다.

쉭! 적호의 검이 성 노대를 향해 날아들었다.

"말하겠네!"

정확히 성 노대의 머리 위에서 검이 멈췄다. 물론 적호는 그를 죽일 생각은 없었다. 기세 싸움에서 성 노대가 밀린 것이다.

정보가 어떻게 다뤄지는지 누구보다 잘 아는 적호였다. 분명 외부유출 금지에 해당되는 정보지만, 그렇다고 목숨까지 버려가며 지킬 정보는 아니었다. 그 정보가 천이문 본단을 묻는 정보가 아닌 이상 말이다.

"빌어먹을! 우리가 누군지 알고 이러냐!"

적호가 냉정히 그 말을 되돌려주었다.

"나중에 우리가 누군지를 알게 되면 그럴 만했다는 것을 알게 될 거요."

"한데 이해할 수가 없군. 그들이 자네를 찾으려 혈안이 되어 있는데 왜 그들의 지단을 찾아가려 하나?"

"당신은 알 필요 없소."

성 노대가 인상을 굳히며 전음으로 사악련 지단 위치를 알려주었다. 호락호락한 상대가 아님을 알았기에 정확한 위치를 알려주었다. 과연 적호는 재차 확인 과정을 거쳤다. 적호가 그 위치가 문서화된 자료를 원했고 성 노대는 순순히 그것을 보여주었다.

"수하들 입단속만 제대로 하면 절대 당신들에게 피해가 가지 않을 것이오."

적호의 말에 성 노대는 그저 코웃음만 칠 뿐이었다.

적호가 떠나자 앞서 자리를 비웠던 도철과 임양이 황급히 안으로 뛰어들어 왔다.

"무사하셔서 다행입니다. 대체 어떤 자입니까?"

"그자들이다, 사악련에서 찾고 있는!"

도철이 흠칫 놀랐다. 사악련에서 몇 겹의 천라지망까지 펼쳐 누군가를 찾고 있다는 정보를 들었다.

"어떻게 처리하실 작정이십니까?"

도철의 물음에 성 노대가 망설이지 않고 대답했다.

"지금 당장 이 사실을 사악련에 알린다. 서둘러!"

"알겠습니다."

임양이 황급히 달려나갔다.

"후환이 있지 않을까요?"

도철의 걱정에 성 노대가 차분히 말했다.

"그럴 수도 있겠지. 하지만 사악련에서 이 사실을 알게 되면 더 큰 후환이 생길 거야."

도철이 고개를 끄덕였다. 상대는 자신들의 목숨을 살려주고 떠났다. 만약 사악련이었다면 이런 식으로 일 처리를 하지 않았을 것이다.

하지만 지금 이 시점, 성 노대도 도철도 알지 못했다. 자신들을 살려주고 떠난 상대가 그리 호락호락하지 않다는 것을. 만약 의도된 무엇이 없었다면 이렇게 모두가 살아남지 못했다는 것을.

몰랐기에 성 노대는 이렇게 말할 수 있었다.

"우릴 우습게 본 대가는 치르게 해야지."

　　　　*　　　*　　　*

쉭쉭쉭쉭쉭!

사방에서 날아드는 암기를 향해 참혼이 내질러졌다.

따다다다다당!

암기가 사방으로 튕겨져 날아갔다.

푹! 푸우욱!

자신이 던진 암기에 적중당한 무인들이 나뒹굴었다.

적호의 신형이 바람을 가르며 창문을 부수며 날아들었다. 연무장에서 막아서던 사내들은 모두 쓰러진 후였다.

여전히 적호는 천아성을 업고 있었다. 그를 업은 이후, 단 한 발의 암기도 천아성을 스친 적이 없었다. 등 뒤에 눈이 달린 것처럼, 천아성을 제 몸처럼 지켜내고 있었다.

복도에 내려서는 순간, 기다렸다는 듯 검이 날아들었다. 스스로 일류임을 증명하는 빠른 공격이었다.

쇄애액!

적호가 몸을 살짝 비틀며 검을 피했다.

검이 눈앞을 스치고 있었지만 적호는 눈 하나 깜짝하지 않았다.

휘리릭.

검을 날린 사내의 팔을 감싸 쥐며 적호가 그에게 안겨들었다.

"이런!"

사내의 다음 말은 '젠장'이었다. 단 두 마디를 남긴 채 사내의 팔과 목이 동시에 부러졌다. 무영십삼수가 발휘된 것이다.

쇄애애액!

동시에 적호의 손에서 두 자루의 비수가 날았다.

바로 날아드는 것 같았던 비수가 후욱 그들의 코앞에서 휘어졌다. 비수를 쳐내려던 사내 둘이 그대로 꼬꾸라졌다.

적호의 손속에는 망설임이 없었다. 그들에게 사감이 있어서가 아니었다. 신군맹과 사악련으로 만난 이상, 서로는 죽여야 할 적일 뿐이었다. 더구나 맹주를 등에 업은 지금은 더욱 해야 할 일에만 집중해야 했다.

타타타탁!

적호가 계단을 뛰어올라 갔다.

철컹, 철컹!

천장에서 쇠창살이 내려와 복도를 가로막았다.

저 멀리 복도 끝에 서 있던 무인들의 얼굴에 안도감이 서리던 그 순간!

쇄애애앵!

참혼이 사정없이 내질러졌다. 시퍼런 검강이 범람한 해일처럼 복도 안을 휘몰아쳤다.

그대로 복도가 다 쓸려 나갔다.

타타탁!

그렇게 적호가 마지막 층에 도착했다.

거대한 철문이 적호 앞을 가로막고 있었고 그 앞에 두 명의 무인이 서 있었다.

지금까지 앞을 막았던 무인들과는 비교가 안 되는 절정고수들이었다.

검을 늘어뜨린 그들이 천천히 다가왔다.

철문 안은 지단의 가장 중요한 장소인 작전통제실이었다.

지단주 유상(柳尙)이 다급한 목소리로 수하들을 재촉했다.

"복구는 아직인가?"

한옆에서 무인들이 무엇인가를 고치고 있었다.

"네, 지금 노력 중입니다만."

다급한 목소리로 대답한 무인이 침울한 표정으로 고개를 내저었다.

"놈은 기관에 대해 제대로 아는 자입니다."

유상이 인상을 굳혔다. 수하들이 고치고 있는 것은 외부와의 연락망이었다. 상대는 가장 먼저 그 연락망을 파괴하고 침입했다. 이러한 작전실이 어떻게 운영되는지에 대해 너무나잘 아는 자였다.

콰아앙!

밖에서 연이어 폭음이 들려왔다.

유상이 굳은 표정으로 또 다른 수하에게 물었다.

성동격서 261

"정말 한 명인가?"

옆에 선 수하가 두려운 표정으로 대답했다.

"네. 한 명입니다."

"그자겠지?"

"그렇다고 추정됩니다."

유상으로선 정말이지 상상도 못한 일이었다. 이곳은 상대를 잡기 위한 작전통제실이었다. 놈을 잡기 위해 병력을 배치하고 경계망을 펼치는 일종의 머리였다. 그런데 놈이 역으로 이곳으로 쳐들어온 것이다.

"쌍사(雙邪)가 쉽게 당하지 않을 겁니다."

쌍사는 문 앞을 지키는 두 무인이었다. 그들은 이곳 지단을 지키는 최고수이자, 사악련 내에서도 제법 이름이 알려진 이들이었다.

창창창창!

밖에서 검이 부딪치는 소리와 알 수 없는 굉음 소리가 계속 들려왔다.

"설령 그들이 당한다 하더라도 저 문은 절대 열지 못할 겁니다."

작전실을 잠그면 외부에서는 절대 열 수 없었다. 문과 벽은 강철보다 더 강한 금속으로 만들어져 있었다. 지단주인 유상이 자신의 집무실이 아닌 이곳에 대피한 이유도 바로 그런 이유에서였다.

"빨리 고쳐야 한다! 빨리!"

그때 바깥이 조용해졌다. 불안한 시선들이 문을 향했다.

쾅! 쾅!

문이 부서질 듯 크게 두 번 흔들렸다.

징— 검이 우는 소리가 들리더니.

슈우우우웅!

"헉!"

유상을 비롯한 안에 있던 모두가 경악했다. 시퍼런 검강이 서린 검이 철문을 뚫고 튀어나온 것이다.

스르룽! 스르르르룽!

검강이 철문을 잘라내기 시작했다. 마치 두부가 잘려 나가듯 철문은 거침없이 잘렸다.

모두들 두 눈을 부릅뜬 채 그 믿을 수 없는 광경을 지켜볼 뿐이었다.

이윽고 검강이 사람 하나가 들어올 수 있는 네모난 공간을 만들어냈다.

지이이익.

그것이 뒤로 밀리는가 싶더니 이내 쿵 하고 쓰러졌다.

그리고 그곳으로 적호가 들어섰다. 저 뒤로 바닥에 쓰러진 쌍사의 모습이 보였다.

유상이 떨리는 목소리로 물었다.

"원하는 것이 뭐냐?"

반 시진 후, 종리문은 그곳 작전실의 입구에서 잘린 철문을 살피고 있었다. 천이문의 기별을 받고 수하들을 이끌고 달려왔을 때는 이미 한발 늦고 말았다.

"검강에 의해 잘렸군. 과연 엄청난 내공이군."

그와 몇 걸음 떨어진 곳에 학순이 서 있었다.

"작전실 내부에는 생존자가 없습니다."

종리문이 천천히 작전실 안으로 들어섰다. 그곳은 엉망이 되어 있었다.

종리문이 내부를 천천히 살폈다.

'놈이 위험을 무릅쓰고 이곳까지 와야 했던 이유가 뭘까?'

지나다 우연히 들른 곳이 아니었다. 천이문을 통해 위치까지 알아내서 기습했다.

"어서 빨리 분실된 서류를 찾아라."

한옆에서 무인들이 분실된 서류가 있는지 찾고 있었고 또 다른 무인들은 시체를 밖으로 옮겼다.

종리문이 벽에 걸린 지도를 응시했다.

무심코 돌아서려던 그의 눈에 뭔가가 포착되었다.

종리문이 지도에 바짝 다가갔다.

"이거 보이나?"

학순이 가까이 가서 살폈다.

"핏자국인 것 같습니다."

그게 왜 대수냐는 표정을 지었다. 여기저기 핏물이 많이 튀어 있었다.

"똑바로 잘 봐."

"그러고 보니 손가락이 눌린 자국이군요."

"그래, 피를 흘린 채로 누군가가 이곳을 지목했다는 말이지. 여기가 어딘지 지금 당장 알아봐."

"네!"

학순이 수하들을 불러 몇 가지 서류들을 받아 챙겼다. 한옆에 서서 빠르게 그것을 살피던 학순이 고개를 번쩍 들었다.

"헉!"

"어디야, 여기가?"

"사악비고(邪惡秘庫)입니다."

순간 종리문의 두 눈이 번쩍 커졌다.

"이놈이!"

사악련은 각 지단에 비고를 마련해 두었다. 비고에는 일반 보급창고에서는 찾아볼 수 없는 갖가지 귀한 물건들을 보관했다. 약초와 영약, 그리고 갖가지 무기와 무공비급 등이 그것이었다. 두 번 생각할 필요가 없었다.

바로 그때 수하 하나가 빠르게 달려왔다.

"생존자가 하나 있습니다. 놈이 알고자 했던 정보는 한 곳의 위치였습니다. 바로……."

"사악비고지."

"헛! 어떻게 아셨습니까?"

무인이 깜짝 놀란 표정을 지었다.

"놈은 사악비고에서 약초를 구하려는 거다!"

사악비고는 사람들이 지키는 곳이 아니었다. 그곳은 매우 위험한 기관으로 만들어져 아무나 들어갈 수 없었다. 출입허가를 얻은 사악련의 무인도 본단에서 그곳에 들어갈 수 있는 암호를 받아야만 문을 열 수 있었다. 그렇지 않다면 지하에 매설된 진천뢰가 폭발했다.

"누구도 들어갈 수 없는 곳 아닙니까?"

학순의 말에 종리문이 희미하게 웃었다.

"그렇게 따지면 누구도 뚫지 못할 천라지망 아니었나?"

놈의 실력을 무시하지 말란 뜻이었다. 학순이 고개를 끄덕였다. 지금까지 놈이 보여준 믿을 수 없는 실력이라면 사악비고도 안전하다 할 수 없었다.

종리문이 이번 일의 승패가 달린 마지막 승부수를 던졌다.

"모든 천라지망을 사악비고로 이동한다."

두 번째 주사위가 이제 막 서려 하고 있다.

     *   *   *

철컹, 셩—

"천라지망이 이동 중입니다."

조비랑의 새로운 보고에 모두들 깜짝 놀랐다.

자신이 보고를 하고도 이해가 안 되는지 조비랑이 재빨리 물었다.

"천라지망도 움직일 수 있습니까?"

"이동하지."

홍사백이 양손을 오므려 원을 만든 후, 그것을 옆으로 이동시켰다. 대형을 유지한 채 이동한다는 뜻이었다.

"그게 가능하군요."

"녀석들, 워낙 훈련이 잘돼 있거든. 근데 후방으로 이동하고 있다고? 몇 개나?"

"전부입니다."

그 말에 홍사백이 깜짝 놀랐다. 전부 이동한다는 것은 목표의 위치를 정확히 알아냈다는 뜻이기 때문이었다.

"향하는 위치는?"

"아직 파악되지 않았습니다."

한옆에서 보고를 듣고 있던 엄백양과 구양서가 서로를 마주보았다. 작전실을 차지하고 있던 삼공녀와 핵심장로들은 잠시 자리를 비운 상황이었다.

"맹주님이 뒤로 빠지신 듯합니다."

"빠져나오시기 힘들다는 판단 때문이겠지."

"그 말은?"

순간 엄백양의 표정이 굳었다.

"부상당하셨군요."

"나 잠시 나갔다 오지."

구양서가 황급히 밖으로 나갔다. 이번 일을 보고하기 위함이었다. 구양서는 이번 일에 있어 그 어떤 독자적인 결정도 하지 않았다. 그는 절대 영웅이 되려 하지 않았다. 엄백양은 그런 구양서가 한편으론 존경스럽고 다른 한편으론 두렵다는 생각이 들었다.

엄백양이 홍사백을 불렀다.

"귀병들은?"

"접경지역에서 대기 중입니다."

"그들에게 천라지망을 따라 이동하라고 명령하게. 쓸데없는 충돌은 피하고."

"알겠습니다."

돌아서려던 홍사백이 문득 벽의 지도를 쳐다보았다.

"저 너머에서 대체 무슨 일이 벌어지고 있는 걸까요?"

第八十章
검신검귀

절대
강호

"이 새끼만 잡으면 평생 먹고살 돈이 생길 텐데."

검문을 서던 사악련 무인들의 숫자는 총 열 명이었다. 이 열 명이 한 조가 된 검문소가 오 리마다 있었다.

"보상금이 얼마랬지?"

"삼만 냥."

모두들 침을 꿀꺽 삼켰다.

"우리가 잡아서 열 명이서 나눠도 한 사람당 지그마치 삼천 냥이군."

"그렇지만 난 그보단 더 많이 받겠지."

"왜지?"

"너희 놈들이야 다 뒈질 테니까."

사내의 농담에 모두들 키득거렸다.

"신군맹 내에서도 대단한 고위급 인사라던데."

"당연히 그렇겠지. 이렇게 다 동원될 정도면."

"썩을. 우린 틀렸어."

그러면서 턱으로 길 끝을 쳐다보았다. 풀어져 있던 사내들이 이내 바짝 군기든 자세가 되었다.

두두두두두두!

일단의 무인들이 말을 타고 지나갔다. 제일 앞장선 사내가 통행증을 내밀고 있었는데, 제대로 보여줄 생각도 제대로 읽을 생각도 없었다. 어차피 같은 편인 것이 뻔했고, 긴급 이동 시에는 일일이 확인도장을 찍을 필요가 없었던 것이다.

오늘만 해도 셀 수 없이 많은 이들이 이곳 검문소를 지나쳤다. 무인들이 모두 지나가자 사내들의 대화가 다시 이어졌다.

"그 삼만 냥, 저놈들 중에 꿈 잘 꾼 놈이 타먹겠지."

모두들 한숨을 내쉬었다. 천라지망이 빠르게 후방 쪽으로 옮겨지고 있었다. 이제 이곳에 백 날, 천 날 진을 치고 있어봐야 아무 소용도 없는 것이다.

"거의 끝날 모양이네. 후방까지 몰린 것을 보니."

"그러게."

그때 반대쪽에서 한 대의 마차가 달려왔다. 사악련의 표시가 그려진 깃발이 꽂힌 마차였지만 이번에는 무인들이 마차를 세웠다.

마부석의 사내가 말했다.

"접경지역으로 가는 수송물자입니다."

마부석의 사내가 무인들에게 서류를 건넸다.

"애들 다 후방으로 이동하고 있는데?"

"오다가 봤습니다. 이동하란 도장 찍히고 바뀐 명령이라서 거기까지 갔다가 다시 와야 합니다. 안 그러면 감사에서 왕창 깨집니다."

"하여튼 지랄 맞다니까."

사내가 대충 짐이 가득 실린 마차 짐칸을 살폈다.

통행증을 살피던 다른 무인이 그것을 마부사내에게 돌려주었다.

"확인되었으니 통과하시오."

"돌아올 때는 술이라도 한 병 가져오겠습니다."

"하하, 그래 주면 좋고."

마차가 다시 그곳을 통과해 달려갔다.

그날 밤까지 반대 방향으로 지나가는 무인들은 셀 수 없었다.

하지만 그 마차는 다시 되돌아오지 않았다.

* * *

사악비고를 중심으로 천라지망이 펼쳐졌다.

한 점을 중심으로 각기 다른 크기의 다섯 원이 그려졌다.

그리고 그 다섯 개의 점이 완성되던 그 순간, 공격이 시작되었다.

"틀림없이 빠져나간 놈이 없지?"

처음 놈들의 목적지를 알아냈을 때 사악비고 주위를 철통처럼 감시하란 명령을 내렸다.

"저희가 도착한 이후 개미새끼 한 마리도 나오지 않았습니다."

수하의 든든한 대답에 종리문이 미소를 지었다. 약초를 구했다면 분명 지금쯤 치료에 몰두하고 있을 것이다.

외부와 완전히 단절된 사악비고는 오히려 자신들에게 유리함을 주고 있었다.

이윽고 본단에서 비고 문을 열 수 있는 방법이 도착했다. 본격적으로 문을 여는 작업이 시작되었다.

"한데 검귀와 검신은 어디에 있는가?"

"그들의 행적을 알 수 없습니다."

"젠장!"

종리문이 인상을 찡그렸다. 이런 중요한 상황에 그들이 앞장서 준다면 안심이 될 것이다. 자신들의 실력만 믿고 제멋대로인 그들이었다. 이번 일을 무사히 끝내면 천아성을 놓친 것을 이유로 따끔한 제재를 가할 작정이었다.

이윽고 문이 열리자 종리문이 무인들을 독려했다.

"가장 큰 공을 세운 자에겐 큰 포상을 내릴 것이다. 그러니 이번 일의 중요함을 절대 잊어선 안 된다."

"네! 명심하겠습니다!"

정예무인들이 줄줄이 안으로 들어갔다.

종리문은 상대의 무공 수위에 대해 수하들에게 정확히 알려 주지 않았다. 어차피 희생은 불가피했다. 공연히 미리 겁부터 먹으면 희생은 더욱 커질 것이다.

그리고 얼마나 지났을까. 수하 하나가 허겁지겁 달려왔다.

"전멸이냐?"

"아, 아닙니다!"

"무슨 일이냐?"

"놈이 그곳에 없습니다!"

"뭣이?"

"놈은 사악비고에 없었습니다! 아무도 침입한 흔적을 찾지 못했습니다!"

"그럴 리가 없다!"

종리문은 당황했다. 분명 놈은 이곳을 노리고 있었다.

그때 학순이 나섰다.

"문을 열지 못해 이 주변에 숨어 있을 수도 있다. 주변을 샅샅이 뒤져라!"

"알겠습니다!"

검신검귀

무인들의 수색작업이 시작되었다.

수천 명이 겹겹이 포위망을 형성하고 있었기에, 주위를 뒤지는 일은 순식간에 해낼 수 있었다. 수백 마리의 개를 풀었고, 냄새를 추적하는 영물까지 동원되었다. 하지만 아무도 찾을 수 없었다.

학순이 조심스럽게 말했다.

"결국 못 찾았습니다."

종리문은 뒷짐을 진 채, 저 멀리 지는 해를 쳐다보고 있었다. 마치 앞으로의 자신을 쳐다보는 것 같아 마음이 씁쓸했다.

이제 와 생각하니 자신이 경솔했다. 천라지망을 그렇게 함부로 움직이는 것이 아니었는데. 그 순간은 완전히 확신했었다. 하나 지나고 생각하니 그건 자만이었다.

"완전히 당했다."

"네?"

"애초에 놈은 이곳을 노린 것이 아니었어. 애초에 처음 약초창고를 털다 걸린 것도 놈의 의도적인 행동이었지. 천아성은 약초가 필요없었어."

"그럴 리가요?"

"만약 그랬다면 애초에 약초창고에서 흔적을 남기지 않았겠지. 모두를 죽여 살인멸구하려 했겠지."

"그럼 천이문을 습격하고 지단을 공격한 것도 모두 우릴 속이기 위함이었습니까?"

종리문이 무겁게 고개를 끄덕였다.

부상당한 천아성이 당연히 약이 필요하다는 생각이 가장 큰 함정이었다. 상대가 무신이란 생각을 잊었다. 약초 따윈 없어도 어떻게든 치료를 시도할 수 있었을 터인데.

"놈이 우릴 이리로 끌어들인 거야."

학순이 가볍게 탄식하며 물었다.

"그럼 놈은 지금 어디에 있습니까?"

* * *

한 대의 마차가 빠르게 신군맹의 영역을 향해 달리고 있었다. 서른두 개의 검문소를 당당히 통과한 마차는 이제 곧 신군맹과의 접경지역에 다다르고 있었다.

마부석에 앉아 능숙하게 말을 몰던 사내의 얼굴이 바뀌기 시작했다.

우드드드득.

마부사내의 얼굴이 바뀌었다. 그는 바로 적호였다.

적호가 그곳 작전실에서 빼낸 것은 거창한 사익비고의 위치가 아니었다.

그저 대수롭지 않은 하나의 정보였다.

그 지역에서 신군맹과의 접경지역으로 지원 나가는 한 대의 수송마차에 대한 정보였다. 누가 어디에서 무엇을 싣고 언제 어디서 출발하는지.

물건을 싣고 출발한 마차를 적호가 가로챘다. 사악련 무인을 제압하고 그로 위장했다. 천변백면공으로 그의 얼굴로 위장했다.

이미 모든 관심이 사악비고로 몰린 이상, 아무도 적호가 모는 마차를 신경 쓰지 않았다.

천아성은 마차 밑에 작은 비밀공간을 따로 만들어 거기에 눕혔다. 그때까지도 천아성은 깊은 잠에 빠져 있었다.

적호가 이제 막 완전히 사악련의 영역을 벗어나던 바로 그 순간이었다.

휘리리릭.

두 사람이 적호 앞을 막아섰다.

그들은 바로 검신과 검귀였다.

"대단하다는 것 인정한다!"

검신은 진심이었다. 천아성의 대단함과는 다른 차원이었다. 천아성이 그 자체로 대단하다면, 적호는 해낸 일이 대단했다. 정말이지 이번 일은 강호의 그 누구도 해낼 수 없는 일이었다.

"내가 이쪽으로 오리란 것을 어떻게 알았소?"

"너 정도 되는 아이가 스스로 천라지망에 빠져들 짓을 하진 않는다고 생각했지."

검신의 말을 다시 검귀가 이었다.

"게다가 우린 총군사를 좋아하지 않아. 잔머리나 굴리는 주제에 자신이 정말 잘난 줄 알거든."

적호가 천천히 마차에서 내렸다. 마지막 순간까지 순탄했으면 좋았겠지만 그건 욕심이었나 보다.

적호가 마차 아래에서 천아성을 꺼냈다. 어떤 싸움이 될지 모르는데 마차에 그냥 둘 수는 없었다. 차라리 힘들더라도 업고 싸우는 것이 낫다는 판단이었다. 여전히 천아성은 잠이 들어 있었다.

적호가 천아성을 등에 업었다. 마부석에 묶여 있던 천으로 천아성을 질끈 감았다.

바로 그때였다.

쉬이이잉!

검귀가 벼락처럼 빠르게 공간을 가로질렀다.

분명 빈틈이 있었다. 아니, 당연히 빈틈이 있어야 했다. 일반 고수도 아니고 초절정고수를 상대로 둔 채, 버젓이 사람을 업고 있었다. 검귀의 입장에선 있을 수 없는 일이었다.

따당!

한 차례 병장기 부딪치는 소리가 들렸다.

촤르르르륵.

검귀가 원래 자리로 돌아왔다.

적호는 아무 일도 없었다는 듯 천아성을 묶는 일을 계속했다.

검신의 눈이 커졌다. 검귀의 팔이 길게 베인 채 피가 흘러내리고 있었던 것이다. 서로의 몸에서 피를 흘리는 모습은 정말이지 오랜만의 일이었다.

두 사람의 표정이 심각해졌다. 직접 공방을 교환한 검귀는 물론이고, 검신 역시 방금 전의 한 수를 똑똑히 목격했다.

검귀의 그 한 수는 강호의 그 누구도 쉽게 막을 수 없는 공격이었다.

사람을 업으면서도 그 공격을 막아냈고, 물러나는 검귀의 팔뚝에 상처까지 낸 것이다. 직접 보지 않았다면 검신은 절대 믿지 않았을 것이다.

"무신의 숨겨둔 제자군."

검신은 그렇게 확신했다. 가장 그럴듯한 추론이었다. 더구나 어떻게 해서든 천아성을 탈출시키려는 의지만 보더라도 그의 제자일 가능성이 높다고 생각했다.

"그렇다면 조심해야지."

검귀가 팔의 혈도를 짚어 출혈을 막았다.

두 사람의 기도가 바뀌었다.

그들이 검신과 검귀로 명성을 떨친 이후, 가장 긴장한 순간이었다. 그들은 조금도 방심하지 않았다.

적호는 일부러 방심을 유도하는 어떤 시도도 하지 않았다. 어차피 상대는 초절정에 이른 고수들이었다. 그런 시도를 하는 것보다 차라리 스스로의 마음을 안정시키는 것이 낫다고 판단한 것이다.

 처음 두 사람이 내려섰을 때부터 적호는 그들을 날카롭게 관찰하고 있었다.

 두 사람의 기도는 비슷한 듯하면서도 각기 달랐다.

 기본적으로 물이었다. 하지만 같은 물이라도 그 느낌이 달랐다. 검신이 바다라면 검귀는 폭포였다. 검신이 웅장하다면, 검귀는 강렬했다.

 스르릉!

 검을 뽑아 든 적호의 기도가 얼음장처럼 차가워졌다. 그들을 상대하기 위해 적호가 선택한 기도였다.

 휘이이이이잉!

 검신과 검귀는 적호의 몸에서 흘러나오는 차디찬 기운을 느꼈다. 거대한 빙산을 보는 그런 기분이었다.

 그건 상대를 겁주기 위해 뿜어내는 살기와 달랐다. 정말 마음까지 섬뜩하게 얼리는 그런 강력한 기운이었다.

 징—

 참혼이 길게 울자 두 사람의 검도 울었다.

 검신과 검귀는 느꼈다. 내공 싸움이 되든, 초식 싸움이 되든, 머리채를 잡아끄는 몸싸움이 되든, 결코 긴 싸움이 되지 않을 것이라고. '앗' 하는 순간 심장이 '푹' 하는 싸움이 될 것이다.

 엄청난 기운이 세 사람의 주위를 휘몰아쳤다.

쉬이이잉!

검신과 검귀가 어깨를 나란히 한 채 동시에 날아들었다. 마치 하나의 몸뚱이에 네 개의 팔을 지닌 것처럼, 그들은 한 몸처럼 움직였다.

쉭!

하나의 바람 소리를 내며 두 검이 적호의 목과 심장을 노리며 날아들었다.

"하압!"

검귀의 입에서 기합 소리가 터져 나왔다.

사실 검귀는 탄성을 내지르려 했었다. 자신의 검이 적호의 심장을 꿰뚫었다고 느낀 것이다.

하지만 그건 착각이었다. 착각을 할 만큼 아슬아슬하게 적호가 검을 피한 것이다.

벼락처럼 빠르게 옆으로 비켜 선 적호의 검이 두 사람의 팔목을 내리쳤다. 그 공격이 너무나 빨라 검신과 검귀의 간담이 서늘해졌다. 아슬아슬하게 피하긴 했지만 하마터면 손목이 잘릴 뻔한 것이다. 한마디로 상대가 공격을 피해 검을 내리치는 동안, 내지른 검을 회수하지 못했다는 상황이었다.

따다다당!

적호가 검신을 몰아붙였다. 두 사람의 검이 연이어 맞부딪쳤다. 일반 무인이 보면 그저 마구잡이로 서로를 찔러대는 것처럼 보이는 싸움이었다. 실제로는 그 한 수, 한 수가 서로의 요혈을 노리는 치명적인 공격이었다.

따다다다다다다다다당!

'밀린다!'

공방이 극에 달했을 때, 검신의 마음속에 든 생각이었다.

미처 끼어들지 못하고 지켜보던 검귀가 망설이지 않고 뛰어들었다.

쉬이이익!

따당!

검귀의 검을 한 차례 내리친 후 적호가 훌쩍 뒤로 물러섰다.

분명 그 찰나의 순간은 검신에게는 기회의 순간이었다. 하지만 검신은 적호를 공격하지 못했다.

징— 검신의 검은 여전히 떨림을 멈추지 않고 있었다. 검을 정교하게 움직이기 힘들 정도로 진동하고 있었다. 적호의 공격은 놀랄 만큼 빨랐지만 그렇다고 막지 못할 정도는 아니었다. 문제는 그 위력이었다. 상대의 힘과 내력이 자신을 압도했다.

"괜찮나?"

검귀의 물음에 검신이 고개를 끄덕였다. 하지만 검귀는 느꼈다. 괜찮지 않다고. 그랬기에 물은 것이나. 정신 차려야 한다고.

"무신이 제자는 제대로 키웠군."

적호는 아무 대답도 하지 않았다. 다만 상대가 시간을 끌려

검신검귀 283

는 것을 직감했다. 고분고분 말려들어 갈 적호가 아니었다.
 적호가 땅을 박차며 검귀에게 쇄도했다.
 창창창창창창!
 연이어 공방이 이어졌다. 적호는 수라팔절을 쓰지 않았다. 수라팔절이 제대로 위력을 발휘하려면 역시 지닌 내력을 모두 사용해야 했다. 하지만 지금은 천아성을 업고 있었다. 될 수 있으면 내력 싸움을 피해야 했다. 정신없이 두 사람을 몰아붙이는 것도 그런 이유였다.
 따다다다다다당!
 검귀와의 공방은 앞서보다 짧았다. 검신이 적호의 어깨로 검을 찔러온 것이다.
 따앙!
 이번에는 검신의 검을 세차게 내리친 후, 적호가 뒤로 물러났다.
 검신과 검귀가 눈짓을 주고받았다. 그들이 동시에 고개를 끄덕였다. 말이 필요없는 한 가지 결론이 내려졌다.
 스르르르르.
 검귀가 천천히 걸음을 옮기며 검신과의 거리를 벌렸다. 옆으로 멀어지는 것이 아니었다. 적호를 중심으로 원을 그리듯 돌고 있었다.
 적호는 그들의 의도를 알아차렸다. 검귀가 등에 업힌 천아성을 노리려 하는 것이다. 아니면 적어도 자신의 심기를 거슬러 실수를 유도하려는 의도였다. 자신이 업고 있지만 천아성은 그들의 인질이었다.

과연 검귀가 적호의 오른쪽에 섰다. 그 위치에선 천아성이 완전히 개방된 상태였다. 초절정에 이른 고수들이지만, 적어도 지금 이 순간 그 선택을 조금도 부끄럽다고 여기지 않았다. 정말 부끄러운 것은 이런 방법까지 썼는데도 상대를 이길 수 없는 것이다.

검귀가 싸늘히 말했다.

"무신은 반드시 죽게 될 것이다."

굳이 그런 말을 꺼낸 것은 적호의 심기를 흩뜨리려는 의도였다.

만약 천라지망을 돌파해서 지금까지 이르는 과정에서 깨달은 바가 없었다면 분명 당황했을 것이다. 다른 사람도 아닌 천아성이었으니까. 이제 곧 겨울이 오는데 이곳에서 개죽음당하기 싫었을 테니까.

하지만 적호는 침착했다. 스스로 생각해도 놀라울 정도로 침착이었다. 적호는 그것이 자신감에서 비롯된 것임을 깨달았다.

'다시 무공이 한 단계 올라섰군.'

수라팔절이나 무영십삼수 모두 대성에 이른 상황이었다. 하지만 같은 대성이라도 그 단계가 존재했다. 끝을 알 수 없는 그 단계를 나시 힌 단계 올라선 것이다.

돌이켜 생각하면 십여 차례도 넘게 내력이 바닥나고 다시 채워진 싸움이었다. 싸움이라고 하기에는 너무 잡다한 자들이었지만, 그 내공을 효율적으로 쓰는 과정에서 깨달음을 얻은 것이다.

"고수는 밥을 먹다가도 성장하고, 똥을 싸다가도 성장하며, 잠을 자다가도 성장한다. 고수가 퇴보할 때는 단 한 경우다. 바로 비겁해질 때다. 고수란 높이 있는, 높이 있어야 하는 사람이다. 그런 사람이 땅바닥을 기기 시작한다면, 더러운 구정물에 젖은 그의 날개가 어찌 바위틈에 끼지 않기를 바라겠는가?"

이제는 사부님의 그 말씀을 알 것 같았다.
조금 전까지만 해도 검신과 검귀를 상대하는 일이 벅차게 느껴졌었다. 하지만 검귀가 등에 업힌 사부님을 노리려는 것을 보는 순간, 그들을 대하는 마음이 달라졌다.
불안함 대신 가소로움이 들었다. 분노 대신 아쉬움이 들었다.
그리고 그들을 확실히 죽일 수 있을 것 같다는 자신감이 들었다.
적호가 크게 심호흡을 했다. 이번 한 수에 승부를 보겠다고 마음먹었다. 단번에 둘을 벨 수 있을 것 같은 이 기분을 놓치고 싶지 않았다.

'벤다, 벨 수 있다!'

휘리리릭.

정면과 우측에서 그들이 동시에 공격을 해왔다.

적호가 벼락처럼 빠르게 참혼을 내질렀다.

쉬이익! 쉬익! 슁! 티잉!

서걱! 서걱!

세 줄기의 각기 다른 칼바람 소리와 알 수 없는 타격음, 그리고 살이 베이는 소리.

그리고 흐르는 정적.

아주 잠시 아무도 움직이지 않았다.

꿈틀.

가장 먼저 움직인 사람은 검신이었다.

검신이 손을 들어 자신의 목을 움켜쥐었다. 다음 순간, 손가락 사이로 피가 울컥울컥 쏟아져 나왔다. 참혼이 그의 목을 베어버린 것이다. 검신이 목을 부여 쥐고 뒷걸음질을 쳤다. 이미 회생할 수 없는 깊은 상처였다. 그는 대단한 고수지만 잘린 목을 다시 붙일 정도는 아니었다.

파파파파팍!

핏물을 뿜어대던 검신이 절명해서 그대로 꼬꾸라졌다.

그의 죽음을 확인한 후 적호가 천천히 고개를 우측으로 돌렸다.

참혼은 검귀의 심장에 정확히 박혀 있었다.

"아아!"

적호는 해냈다는 기쁨에 탄성을 내질렀다. 검신과 검귀를 그야말로 일수에 베어버린 것이다.

다음 순간!

따앙!

철썩!

자신의 얼굴 옆으로 빗나가 내질러진 검귀의 검이 적호의 볼을 때렸다. 누군가 검을 튕긴 것이다.

적호가 놀라 뒤로 고개를 돌렸다.

"맹주님?"

천아성이 어느새 눈을 뜨고 있었다.

"날 업고 자살을 하려던 참인가?"

"네? 아!"

그제야 적호는 천아성이 검귀의 검날을 튕겨서 빗나가게 해줬다는 것을 알아차렸다. 알 수 없는 타격음은 바로 천아성이 검귀의 검을 튕겨내는 소리였던 것이다. 천아성이 아니었다면 세 사람이 모두 함께 죽었을 것이다.

창백했던 천아성의 안색이 이제는 많이 좋아져 있었다.

"해낼 수 있을 것 같았습니다."

"알지, 그게 어떤 기분인지. 반드시 이길 수 있을 것 같고, 반드시 죽일 것 같은 기분. 그것 역시 심마라네."

"심마라고요?"

"그래, 심마지. 주로 무공의 경지가 한 단계를 넘어섰을 때 찾아온다네. 뭐든 다 이길 수 있을 것 같은 자만심. 그게 곧 무인에게 있어 가장 극복하기 힘든 심마라네."

적호는 그제야 천아성의 말이 본인의 일을 빗대서 한 말임을 알 수 있었다. 무공이 상승했다고 사악련주와 승부를 지으러 간 것이 스스로의 자만이었음을 느낀 것이다.

"그나저나 여긴 어딘가?"

"저 강만 건너면 저희 영역입니다."

"여기까지 오느라 고생했겠군."

적호는 천아성이 어느 정도 내상을 회복했음을 알 수 있었다. 하지만 천아성은 적호의 등에서 내리지 않았다.

"기왕 고생한 것 좀 더 고생하게."

"물론입니다."

적호가 빠르게 걸음을 옮겼다. 지금쯤이면 사악비고에 자신이 없음이 밝혀졌을 것이다.

배는 적호가 감춰뒀던 그 자리에 있었다.

적호가 천아성을 업은 채 배에 올랐다. 떠나는 날처럼 강은 안개가 자욱했다.

천천히 배가 강을 건넜다.

배에 타서도 천아성은 적호의 등에 업혀 있었다. 언제나 무신이라 칭송만 받던 그였다. 누군가의 등에 업힌다는 것은 상상할 수도 없었고, 또 그럴 일도 없었다. 어쩌면 앞으로도 영원히 없을 일이었다.

그리고 지금 천아성은 아주 오래전, 자신의 등에 업혀서 그녀가 했던 말이 가슴속에 떠올랐다.

"아주 오래오래 절 업어주셔야 해요."

그녀의 숨결이 조금 전의 일처럼 느껴졌다.
천아성이 가볍게 한숨을 내쉬었다.
"사랑하는 이가 있나?"
순간 적호가 망설였다. 그에게 거짓말하기 싫었지만, 그렇다고 네라고 대답할 수도 없었다. 다행히 천아성은 대답을 듣지 않고 곧바로 말을 이었다.
"잘해주게. 나중에 잘해주겠다는 미련한 생각 말고."
"알겠습니다."
그에게서 진득한 사연이 느껴졌다. 문득 그도 인간이었구나란 생각이 들었다. 강호를 살아가는 누구나 가슴에 사연을 안고 살아간다. 그건 천하제일고수도 마찬가지인 것이다.
배가 육지에 다다랐을 때, 그곳에는 누군가 두 사람을 기다리고 있었다. 반가운 얼굴로 달려오는 사람은 바로 연이었다.
"적호님!"
적호의 등에 업힌 천아성을 보고 연이 부복했다.

"맹주님, 무사히 돌아오신 것을 감축드립니다."

"일어나게."

천아성의 다정한 말에 연이 조심스럽게 자리에서 일어났다. 그녀의 얼굴에 모든 감정이 드러나 있었다. 그녀는 적호가 떠난 이래 단 한시도 이곳을 떠나지 않았다. 모든 비선망의 전갈도 이곳에서 받았다. 그녀는 이곳에서 기다리겠다는 약속을 지켰다.

천아성이 미소를 지으며 말했다.

"좋은 수하로군."

적호가 미소를 지었다.

"수하가 아니라 친구입니다."

"친구라. 좋군, 아주 좋아."

연이 부끄러운 듯 고개를 숙였다. 친구란 말에 마음이 격동했다.

적호가 연에게 손을 내밀었다. 피가 잔뜩 말라비틀어진 그 손에서 적호가 어떤 일을 겪었는지 알 수 있었다.

연이 그 손을 맞잡았다. 피 냄새가 났지만 손은 떠날 때처럼 따스했다.

적호가 웃으며 물었다.

"별일 없었지?"

그러자 연이 한숨을 내쉬며 말했다.

"이곳에서도 많은 일들이 있습니다."

* * *

"절 죽이시려는 건가요?"

소운의 물음에 주화인이 희미하게 웃었다.

"왜 그렇게 생각하지?"

"당신은 그런 여자니까요."

소운은 덤덤했다. 정체 모를 고수에게 납치되었을 그때만 해도 이런저런 걱정이 많았다.

그리고 며칠이 지나자, 그녀의 마음은 오히려 차분해졌다.

며칠째 아버지가 구하러 오지 않는다는 것이 자신이 처한 상황을 설명해 줬다. 오히려 아버지가 걱정이 되었다.

"아버진 어떻게 되셨죠?"

"역시 피는 물보다 진하다는 건가?"

"말해줘요. 그 정도는 듣고 죽을 권리가 있으니까."

"꽤 곤란한 상황이지."

소운의 안색이 굳어졌다. 아버지가 최악의 상황에 처했음을 알 수 있었다.

"아버지를 구해달라는 부탁은……."

"부질없지. 그 상황에 몰아넣기 위해 내가 얼마나 애를 썼는지를 안다면."

"어떤 상황이죠?"

"지금쯤이면 검천주와 생사대전을 벌이고 있겠군. 사형이 무공 수련을 게을리하지 않았기를 바라야지."

소운이 탄식했다. 검천주는 바로 아버지의 장인이 되는 사람임을 소운도 잘 알았다. 그런 사람과 생사를 건 싸움을 하게 되었다면, 정말 절망적인 상황인 것이다.

주화인이 어깨를 으쓱하며 말했다.

"도와주고 싶어도 이미 내 손을 떠난 일이거든."

소운의 눈빛에 독기가 서렸다. 할 수만 있다면 주화인을 죽여 버리고 싶었다. 하지만 내력이 제압당한 상황이었다. 내력이 정상이라도 이길 수 없는 상대였다.

"널 죽이고 싶지 않았다. 진심으로. 너까지 죽이는 싸움이 되지 않기를 바랐지."

"헛소리 집어치우고 나도 어서 죽여요. 그딴 소릴 한다고 당신이 나쁜 년에서 좋은 년이 되는 것은 아니니까."

주화인이 피식 웃었다.

"그래, 네 말이 맞다."

주화인이 검을 뽑아 들었다. 더 이상 그녀를 농락하는 것은 사형에 대한 예의가 아니었다.

지금쯤이면 사형도 차가운 바닥에 시체가 된 채 누웠을 것이다. 검천주 신패극은 자신의 딸을 잃고 절대 그냥 있을 사람이 아니었으니까. 자신의 딸이 얼마나 참혹하게 죽었는지도 그는 알고 있다.

만약 뒷일을 걱정해 차마 사형을 죽이지 않았다 하더라도, 이제 더 이상 사형은 재기할 수 없다… 사부님이 계시지 않는 한.

주화인이 소운에게 다가갔다. 욕설과 저주를 퍼붓는 대신 소운이 눈을 감았다. 마지막 순간을 그렇게 보내고 싶지 않았다.

대신 어머니 얼굴이 떠올랐다. 자연히 아버지 얼굴도 떠올랐다.

그리고 마지막으로 떠오른 사람은 적호였다. 어쩌면 세 사람 모두 다시 볼 수 있다는 생각에 소운의 입가에 미소가 지어졌다. 피할 수 없으면 당당히 받아들이는 거다. 그것이 죽음일지라도.

주화인이 검을 치켜들던 그때였다.

따앙!

주화인의 손에서 튕겨져 날아간 검이 한쪽 벽에 박혔다.

철문이 열리고 그곳으로 누군가 걸어 들어왔다.

주화인도, 무슨 일인가 눈을 뜬 소운도 깜짝 놀랐다. 낯선 사내 하나가 그곳으로 들어온 것이다. 철문에 난 작은 창으로 지풍을 날려서 검을 튕겨낸 사람도 바로 그 사내였다. 물론 사내는 적호였다. 이번 임무를 수행한 얼굴을 하고 있어서 두 사람은 알아보지 못했다.

"당신 누구지?"

"그녀를 구하러 왔다."

"누가 보냈지?"

적호는 아무 대답도 하지 않았다.

세 사람의 시선이 허공에서 얽혔다. 빤히 적호를 쳐다보던 두 여인이 동시에 소리쳤다.

"설마! 당신이군요!"

얼굴도, 목소리도 바뀌었지만 두 사람은 적호를 알아보았다.

적호는 부정하지 않았다. 이제 그럴 필요가 없다는 생각이었다.

"살아 있었군요."

소운이 감격스런 표정을 지었다. 그녀의 눈에서 눈물이 흘러내렸다.

그에 비해 주화인의 표정은 담담했다.

"안 죽었던 거야?"

적호가 고개를 끄덕였다.

주화인이 길게 탄식했다.

"그래, 당신이 쉽게 죽을 사람이 아니지."

이내 주화인은 불안함에 휩싸였다. 이 자리에 나타나서는 안 될 사람이 나타났다. 그 말은 자신의 계획에 심각한 차질이 생겼다는 것을 의미했다.

주화인이 떨리는 목소리로 물었다.

"어디서 오는 길이지?"

적호가 담담히 되물었다.

"두렵나?"

"응."

"뭐가 두렵지?"

"당신이 내 일을 다 망쳐 놨을까 봐."

"난 당신의 일을 망치지 않았어. 단지 내가 해야 할 일을 했을 뿐이지."

"설마… 구해온 거야?"

"역시… 너로구나."

적호는 자신의 예감이 맞았음을 알아차렸다. 주화인의 음모가 아니었다면 천아성이 그런 위기에 빠졌을 리가 없었다.

"맹주님께서 지금 대공자와 검천주를 만나러 갔어. 네가 생각하는 일은 벌어지지 않을 거야."

주화인이 긴 한숨을 내쉬었다. 사부가 살아 돌아온 이상 모든 계획이 수포로 돌아갔음을 깨달은 것이다. 이번 계획의 핵심은 사부의 죽음이었다. 이제 남은 일은… 그 대가를 치르는 것이다.

"날 죽일 작정이야?"

적호가 고개를 내저었다. 그녀를 벌할 사람은 자신이 아니었다. 자신이 아니라도 그녀를 벌할 사람은 많았으니까. 천아성도, 백무성도, 신패극도.

"겁 안 나? 악에 받친 내가 무슨 일을 저지를지?"

서현이를 염두에 둔 말이었다. 적호가 가장 싫어하는 말임을 알면서도 주화인이 다시 물었다.

"당신 두렵지?"

적호가 고개를 끄덕이며 솔직히 대답했다.

"두려워. 많이."

복잡한 감정이 가득한 두 사람의 시선이 다시 한 번 깊고 복잡하게 얽혔다.

"바라는 것이 없는 사람은 두려움도 없는 법이지. 하지만… 당신도 나도 너무나 간절히 바라는 것이 있잖아."

그녀의 말이 옳다. 서현이를 잃을까 너무 두렵다. 그녀는 권력을 잃을까 두려워한다.

하지만 동시에 그녀의 말은 틀렸다.

너무나 간절히 바라면 오히려 두렵지 않다. 정직한 간절함은 용기와 닿아 있으니까.

적호가 담담히 물었다.

"그럴 거야?"

순간 주화인이 눈을 질끈 감았다. 그래선 안 된다는, 그러면 안 되지 않느냐는 적호의 눈빛을 쳐다볼 자신이 없어서였다. 자신의 감정을 두 눈을 통해 들키기 싫어서였다. 그녀는 안다. 이제 와 그의 딸을 어찌할 생각은 전혀 없다는 것을. 사실 애초에도 진짜 그의 딸을 이용할 생각은 없었다는 것을.

"그럴지도 모르지. 난 아주… 나쁜 년이니까."

주화인이 돌아서며 덧붙였다.

"그날 당신을 구하는 것이 아니었어."

순간 적호의 가슴이 짠해졌다. 분명 예전에 자신을 구한 사람은 그녀였으니까.

주화인이 서글픈 눈빛으로 말했다.

"당신은 날 한 번도 진심으로 사랑하지 않았지."

"…그건 당신도 마찬가지였잖아."

"아니! 난 아니었어. 난 당신을 사랑했어. 사랑하지 않았다면… 당신은 결코 지금까지 살아남지 못했을 거야."

어쩌면 그녀 말이 맞을지도 모른다는 생각이 들었다. 하지만 자신도 마찬가지였다. 그녀가 아니었다면… 서현이의 목숨을 두고 협박을 한 상대를 지금까지 살려두지 않았을 테니까. 그런 마음을 그녀는 알고 있을까? 모른다면 알려주고 싶다는 생각이 들었다.

순간 적호가 가볍게 한숨을 내쉬었다. 그녀를 여전히 잊지 못하고 있음을 깨달은 것이다.

"나도… 사랑했었어."

작은 목소리였지만 두 여인은 똑똑히 들을 수 있었다.

소운도 깜짝 놀랐다. 두 사람이 이런 관계일 줄은 정말 꿈에도 몰랐던 그녀였다.

주화인의 눈동자가 흔들렸다.

"내가 이 지경이 되니까… 동정하는 거야?"

"마음대로 생각해."

"그래도 당신이란 사람은 여전히 변하지 않았잖아. 오직 한 사람만 생각하잖아."

"……"

"하긴 그래서 내가 사랑에 빠졌지. 그 마음에 반해서."

주화인이 활짝 웃으며 이별을 고했다.

"나 간다."

항상 둘이 사랑을 나누고 헤어질 때면 적호가 하던 인사였다. 걸어나가는 그녀의 어깨가 애처로워 보였다.

문 옆에 혈도가 제압당한 이단심이 서 있었다.

적호는 제압만 했을 뿐 그녀를 죽이지 않았다.

탁탁!

주화인이 이단심의 마혈을 풀어주었다.

"죄송합니다."

"그럴 필요 없어. 그 사람이니까."

안의 대화를 통해 이미 상대가 적호임을 알아차린 이단심이었다.

주화인이 적호를 돌아보며 말했다.

"난 마지막까지 포기하지 않아."

분명 그녀라면 그럴 것이라 생각했다. 그래서 진심으로 충고했다.

"이대로 강호를 떠나. 이번 일로 죽을 수도 있어."

"싫어. 죽어도 떠나지 않을 거야."

"그럼 어쩔 건데?"

"가서 사부님께 빌 거야. 빌다 머리가 깨져 죽더라도 가서 빌 거야. 그래서 새로운 기회를 얻을 거야."

농담처럼 말했지만 적호는 그것이 진심일지도 모른다는 생각이 들었다. 주화인의 눈동자가 흔들리고 있었다. 이제 앞으로 그녀가 어떻게 행동할지는 그녀 자신도 모르고 있었다. 달려가서 그녀를 안아주고 싶었다. 그녀를 지켜주고 싶었다. 그녀를 안고서 이제 그만 욕심을 버리란 말을 해주고 싶었다. 만난 이후 처음으로 느끼는 보호본능이었다. 하지만 적호는 그러지 않았다. 자신이 변하지 않듯 그녀도 변하지 않을 테니까. 지독한 사랑의 끝은 언제나 파국이니까.

주화인이 희미하게 웃으며 마지막 말을 남겼다.

"…그래도 고마웠어. 날 사랑했단 말, 얼마나 남았는지 모르겠지만… 내 삶에 두고두고 힘이 될 거야."

그렇게 그녀가 돌아섰다.

"제가 앞장서겠습니다."

이단심이 앞장섰고 주화인이 그 뒤를 따랐다. 그렇게 두 사람이 그렇게 그곳을 빠져나갔다.

그들이 물러가자마자 소운이 와락 적호에게 안겨들었다. 방금 전 대화를 모두 들었지만 그렇다고 자신의 감정을 속이고 싶지 않았다.

"보고 싶었어요."

적호는 아무 말도 하지 않았다. 이렇게 젊고 아름다운 여인이 자신을 사랑해 주는 일은 너무나 고맙고 기쁜 일이다.

하지만 그렇다고 그녀를 사랑할 수는 없는 일이다. 더구나 상대는 대공자의 딸이었다.

소운이 가만히 적호의 얼굴을 쳐다보았다.

"알아요, 당신이 절 받아들이지 않으실 거란 것을."

"그대뿐만 아니라 그 누구도 마찬가지요."

소운이 희미하게 웃었다. 그의 말이 진심임은 삼공녀와의 관계만 봐도 알 수 있었다. 세상 어떤 남자가 삼공녀의 사랑을 거절할 수 있을까?

"그나마 낫네요."

소운이 씩씩하게 말했다.

"당신의 진짜 얼굴을 몰라도 상관없어요. 당신의 눈빛만은 영원히 기억하고 살 테니까요."

두 사람이 나란히 밖으로 나왔다.

조금 떨어진 곳에 연이 기다리고 있었다. 소운이 한옆에 대기해 있던 마차에 올랐다. 그녀는 너무나도 이별이 아쉬웠지만 가야 할 길이었다. 소운이 창으로 고개를 내밀었다. 그녀에게 적호가 말했다.

"행복해."

그 한마디에 소운이 활짝 웃었다.

"네! 저 반드시 행복하게 살 거예요!"

씩씩하게 대답하는 그녀의 눈에서 눈물이 흘렀다.

마차가 출발했다. 마차는 맹주전으로 향했다. 백무성이 무사하다면 곧 소운을 다시 만나게 될 것이다.

그제야 둘만 남게 된 연이 미소를 지으며 말했다.

"정말 고생하셨습니다!"

연은 다시 한 번 적호의 손을 잡아주고 싶었다. 아니, 한 번 안아주고 싶었다. 하지만 그럴 용기가 나지 않았다.

"덕분이야."

"제가 한 거라곤 기다리는 것뿐이었는걸요."

"연이 기다린다고 생각하니, 꼭 돌아오고 싶었어."

"이번 임무에 어디 호색공자와 동행이라도 하셨나요?"

두 사람이 마주 보며 웃었다.

그때였다. 하늘을 올려다보던 적호의 얼굴이 환하게 밝아졌다가 이내 걱정으로 가득 찼다.

"저길 봐, 연."

적호의 목소리가 떨리고 있었다.

"아! 적호님!"

그리고 연은 처음으로 알았다. 적호도 눈물을 흘릴 줄 아는 사람이란 것을. 한 줄기 굵은 눈물이 적호의 볼을 타고 흘렀다.

너무나도 기다렸던 그것이 적호의 어깨에 살포시 내려앉았다.
하늘에서 눈이 내리기 시작한 것이다.

　　　　　　　　　　『절대강호』9권에 계속…

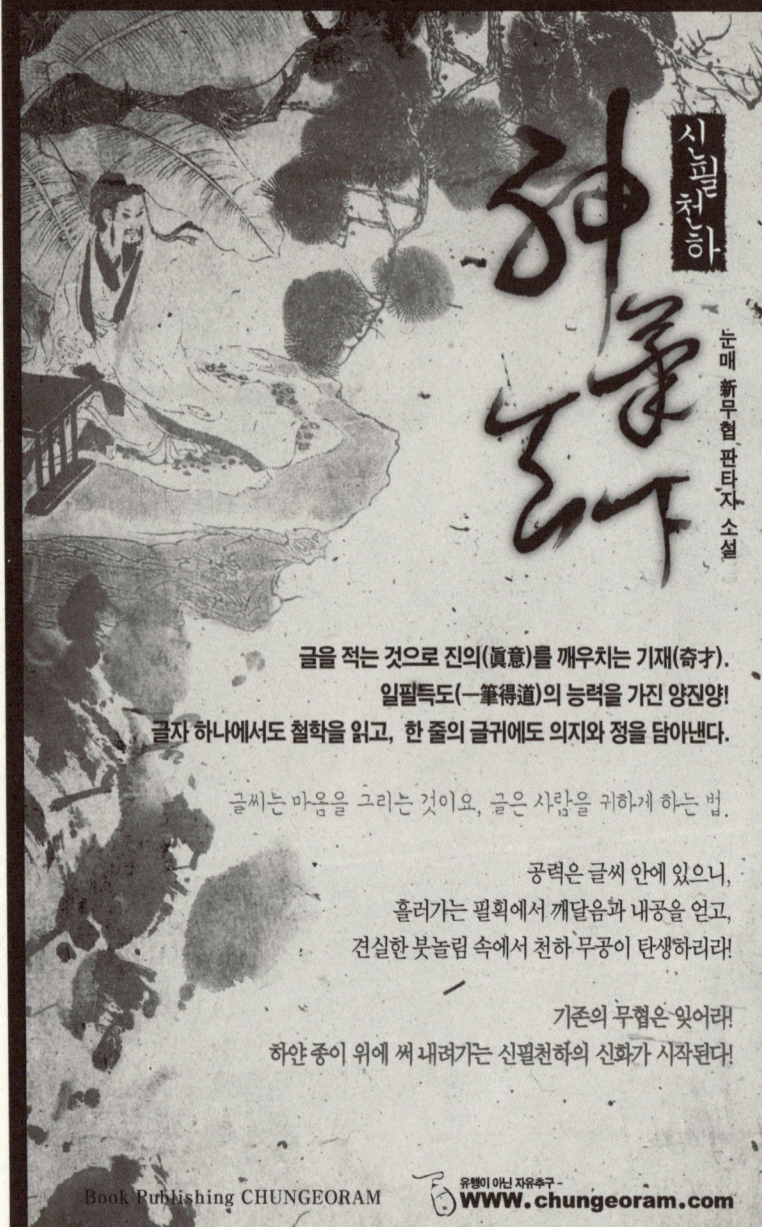

秘龍潛虎
비룡잠호

오채지 新무협 판타지 소설

『백가쟁패』, 『혈기수라』의 작가 오채지가 돌아왔다!
그가 선사하는 무림기!

비룡잠호!

야만의 전사 오백으로 일만 마병을 쓰러뜨리고
홀연히 사라진 희대의 잠룡(潛龍).
그가 십 년의 은거를 깨고 강호로 나오다.

"나를 불러낸 건 실수야."

**이가 갈리고 치가 떨리는
경험을 만들어주겠다!**

Book Publishing CHUNGEORAM
유행이 아닌 자유추구 -
WWW.chungeoram.com

장강삼협 長江三峽

조돈형 新무협 판타지 소설

『궁귀검신』, 『마도십병』, 『운룡쟁천』의
작가 **조돈형**
그가 장강의 사나이들과 함께 돌아왔다!

굽이쳐 흐르는 거대한 장강의 흐름 속에서
선혈처럼 피어나 유성처럼 지는 사내들의 향취!

장강삼협(長江三峽)!

하늘 아래 누구보다 올곧았던 아버지의 시신을 이끌고
고향으로 돌아온 유대웅을 기다리고 있던 것은
천오백 년의 시공을 뛰어넘은 패왕(霸王)의 무(武)와 검(劍)!

패왕칠검(霸王七劍)과 팔뢰진천(八雷振天)의 무위 아래
천하제일검(天下第一劍)으로 우뚝 설 한 소년의 일대기!

**장강의 수류는 대륙을 가로질러
이윽고 역사가 된다!**

Book Publishing CHUNGEORAM
www.chungeoram.com

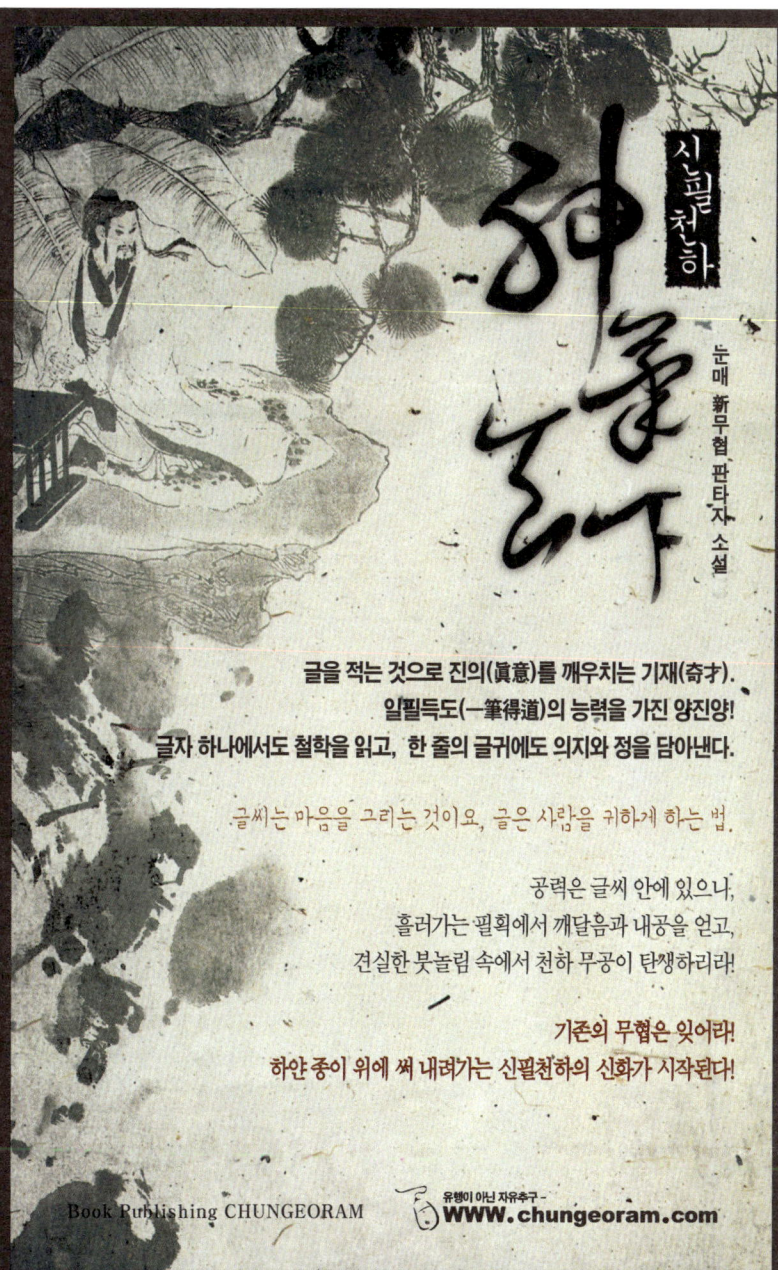

시필천하

神筆천하

눈매 新무협 판타지 소설

글을 적는 것으로 진의(眞意)를 깨우치는 기재(奇才).
일필득도(一筆得道)의 능력을 가진 양진양!
글자 하나에서도 철학을 읽고, 한 줄의 글귀에도 의지와 정을 담아낸다.

글씨는 마음을 그리는 것이요, 글은 사람을 귀하게 하는 법.

공력은 글씨 안에 있으니,
흘러가는 필획에서 깨달음과 내공을 얻고,
견실한 붓놀림 속에서 천하 무공이 탄생하리라!

기존의 무협은 잊어라!
하얀 종이 위에 써 내려가는 신필천하의 신화가 시작된다!

Book Publishing CHUNGEORAM

유행이 아닌 자유추구
WWW.chungeoram.com

김현석 현대 판타지 소설

전능의 팔찌

THE OMNIPOTENT BRACELET

「신화창조」의 작가 김현석이 그려내는
새로운 판타지 세상이 현대에 도래한다!

삼류대학 수학과 출신, 김현수
낙하산을 타고 국내 굴지의 대기업 천지건설(주)에 입사하다!

상사의 등쌀에 못 견뎌 떠난 산행에서, 대마법사 멀린과의 인연이 이어지고……

어떻게 잡은 직장인데 그만둘 수 있으랴!

전능의 팔찌가 현수를 승승장구의 길로 이끈다!

통쾌함과 즐거움을 버무린 색다른 재미!
지.구. 유.일.의 마법사 김현수의 성공신화 창조기!

Book Publishing CHUNGEORAM

유행이 아닌 자유추구 -
WWW.chungeoram.com